Andrea Camilleri

Italien d'origine sicilienne, né en 1925, Andrea Camilleri a mené une longue carrière de metteur en scène pour le théâtre, la radio et la télévision, avant de se tourner vers la littérature. D'abord auteur de poèmes et de nouvelles, Camilleri s'est mis sur le tard à écrire dans la langue de sa Sicile natale. Il a connu le succès avec sa série consacrée au commissaire Montalbano. Son héros, un concentré détonnant de fougue méditerranéenne et d'humeur bougonne, évolue avec humour et gourmandise au fil de ses enquêtes, entre autres : *La Forme de l'eau* (prix Mystère de la Critique 1999), *Le Tour de la bouée* (2005), *Un été ardent* (2009), *Les Ailes du sphinx* (2010), *La Piste de sable* (2011), *Le Champ du potier* (2012, lauréat du CWA International Dagger Award), *L'Âge du doute* (2013), *La Danse de la mouette* (2014), *La Chasse au trésor* (2015), *Le Sourire d'Angelica* (2015), *Jeu de miroirs* (2016) et *Une voix dans l'ombre* (2017). Camilleri a reçu en 2014 le prix Federico Fellini pour l'excellence artistique de son œuvre. En 2018, a paru son dernier titre, *Nid de vipères*. Tous ont été publiés chez Fleuve Éditions et sont repris chez Pocket.

Retrouvez toute l'actualité de l'auteur sur :
www.andreacamilleri.net

UNE LAME
DE LUMIÈRE

DU MÊME AUTEUR
CHEZ POCKET

LES ENQUÊTES DU COMMISSAIRE MONTALBANO

UN MOIS AVEC MONTALBANO
LA VOIX DU VIOLON
LA DÉMISSION DE MONTALBANO
L'EXCURSION À TINDARI
LA PEUR DE MONTALBANO
LE TOUR DE LA BOUÉE
LA PREMIÈRE ENQUÊTE DE MONTALBANO
LA LUNE DE PAPIER
UN ÉTÉ ARDENT
LES AILES DU SPHINX
LA PATIENCE DE L'ARAIGNÉE
LA PISTE DE SABLE
LE CHAMP DU POTIER
L'ÂGE DU DOUTE
LA DANSE DE LA MOUETTE
LA CHASSE AU TRÉSOR
JEU DE MIROIRS
LE SOURIRE D'ANGELICA
UNE LAME DE LUMIÈRE
UNE VOIX DANS L'OMBRE
NID DE VIPÈRES

MEURTRE AUX POISSONS ROUGES
En collaboration avec CARLO LUCARELLI

ANDREA CAMILLERI

UNE LAME
DE LUMIÈRE

Traduit de l'italien (Sicile)
par Serge Quadruppani

Titre original :
UNA LAMA DI LUCE

Pocket, une marque d'Univers Poche,
est un éditeur qui s'engage pour la préservation
de l'environnement et qui utilise du papier fabriqué
à partir de bois provenant de forêts gérées
de manière responsable.

© 2012, Sellerio Editore, Palermo
© 2016, Fleuve Éditions, département d'Univers Poche,
pour la traduction française.
ISBN : 978-2-266-27960-4

Dépôt légal : juin 2018

Avertissement du traducteur

L'œuvre littéraire d'Andrea Camilleri connaît dans son pays un succès tel qu'on lui trouverait difficilement un équivalent dans le demi-siècle qui vient de s'écouler en Italie. Une bonne part de cette réussite tient à la langue si particulière qu'il emploie. En rendre la saveur est une entreprise délicate. Il faut d'abord faire percevoir les trois niveaux sur lesquels elle joue, chacun d'eux posant des problèmes spécifiques.

Le premier niveau est celui de l'italien « officiel », qui ne présente pas de difficulté particulière pour le traducteur : on le transpose dans un français le plus souvent situé, comme l'italien de l'auteur, dans un registre familier. Le troisième niveau est celui du dialecte pur : dans ces passages, toujours dialogués, soit le dialecte est suffisamment près de l'italien pour se passer de traduction, soit Camilleri en fournit une à la suite. À ce niveau-là, j'ai simplement traduit le dialecte en français en prenant la liberté de signaler dans le texte que le dialogue a lieu en sicilien (et en reproduisant parfois, pour la saveur, les phrases en dialecte, à côté du français).

La difficulté principale se présente au niveau intermédiaire, celui de l'italien sicilianisé, qui est à la fois celui du narrateur et de bon nombre de personnages. Il est truffé de termes qui ne sont pas du pur dialecte, mais plutôt des régionalismes (pour citer deux exemples très fréquents, *taliare* pour *guardare*, regarder, *spiare* pour *chiedere*, demander). Ces mots, Camilleri n'en fournit pas la traduction, car il les a placés de telle manière qu'on en saisisse le sens grâce au contexte (et aussi, souvent, grâce à la sonorité proche d'un mot connu). Voilà pourquoi les Italiens de bonne volonté (l'immense majorité, mais on en trouve encore qui prétendent ne rien comprendre à la langue « camillerienne ») n'ont pas besoin de glossaire, goûtent l'étrangeté de la langue et la comprennent pourtant.

Remplacer cette langue par un des parlers régionaux de la France ne m'a pas paru la bonne solution : soit ces parlers, tombés en désuétude, sont incompréhensibles à la plupart des lecteurs (et il semblerait bizarre de remplacer une langue bien vivante et ancrée dans les mots de la Sicile d'aujourd'hui par une langue morte), soit ce sont des modes de dire beaucoup trop éloignés des langues latines (un Camilleri en ch'timi aurait-il encore quelque chose de sicilien ?). Il a donc fallu renoncer à chercher terme à terme des équivalents à la totalité des régionalismes. Le « camillerien » n'est pas la transcription pure et simple d'un idiome par un linguiste, mais la création personnelle d'un écrivain, à partir du parler de la région d'Agrigente. Et cependant, si toute vraie traduction comporte une part de création littéraire, le traducteur doit aussi éviter de disputer son rôle à l'auteur : il était hors de question d'inventer une langue artificielle.

Pour rendre le niveau de l'italien sicilianisé, j'ai donc placé en certains endroits, comme des bornes rappelant à quel niveau on se trouve, des termes du français du Midi. D'abord, parce que le français occitanisé s'est assez répandu, par diverses voies culturelles, pour que jusqu'à Calais on comprenne ce qu'est un « minot ». Ensuite, ces régionalismes apportent en français un parfum de Sud. J'ai par ailleurs choisi le parti de la littéralité, quand il s'est agi de rendre perceptibles certaines particularités de la construction des phrases (inversion sujet verbe : *Montalbano sono* » : « Montalbano, je suis ») ou ce curieux emploi du passé simple (*chè fu ?* « qu'est-ce qu'il fut ? », pour « qu'est-ce qui se passe ? ») par où passe l'emphase sicilienne, ou bien encore l'usage intempérant de la préposition « à » avec des verbes directs, et le recours très fréquent à des formes pronominales (« se faisait un rêve » pour « faisait un rêve »), etc.

J'ai tenté aussi de transposer certaines des déformations qu'impose le maître de Porto Empedocle à l'italien classique, pour faire entendre la prononciation de sa terre : *pinsare* au lieu de *pensare* (« penser », en italien classique) a été traduit par « pinser », *aricordarsi* au lieu de *ricordarsi* (se rappeler) a été traduit par s'« arappeler », etc. Choix sûrement discutable, mais qui me paraît encore comme la moins mauvaise des solutions, car elle permet de suivre l'évolution du style de notre auteur. En effet, l'abondance des transpositions de déformations orales n'est pas la même dans les premiers Montalbano que dans les derniers (il semble que, son public désormais conquis et habitué, Camilleri hésite moins à faire entendre les singularités de sa musique), et leur présence plus ou moins importante dans tel ou tel passage du même livre n'est pas dépourvue de significations, volontaires ou non.

L'ensemble de ces partis pris de traduction aboutit à une langue assez éloignée de ce qu'il est convenu d'appeler le « bon français » : ma traduction peut paraître peu fluide et s'éloigne souvent délibérément de la correction grammaticale. Mais depuis quelques dizaines d'années, le travail des traducteurs a été orienté par la tentative de mieux rendre la langue de leurs auteurs en échappant à la dictature de la « fluidité » et du « grammaticalement correct », qui avait imposé à des générations de lecteurs français une idée trop vague du style réel de tant d'auteurs. Un tel mouvement rejoint aussi le travail des auteurs francophones qui s'emploient à libérer leur expression du carcan d'une langue sur laquelle on a beaucoup trop légiféré. À l'intérieur de ce cadre, à mon niveau artisanal, l'essentiel était, me semble-t-il, de tenter de restituer auprès du lecteur français la plus grande partie de ce que ressent le lecteur italien non sicilien à la lecture de Camilleri. Ce sentiment d'étrange familiarité que procure sa langue, écho de ce qu'on éprouve en rencontrant, en même temps qu'une île, une très ancienne et très moderne civilisation.

Serge Quadruppani

UN

La matinée, dès l'aube, s'était avérée changeante et capricieuse. Et donc, par contagion, le comportement de Montalbano, en cette même matinée, serait, au strict minimum, instable. Quand ça arrivait, le mieux était de voir le moins de monde possible.

Plus les années passaient et plus son humeur s'adémontrait sensible aux variations climatiques, de la même manière qu'une augmentation ou une diminution de l'humidité agissent sur les douleurs articulaires des vieux. Et il aréussissait toujours moins à se contrôler, à cacher l'excès d'allégresse ou de mauvaise humeur.

Dans le temps qu'il avait employé pour aller de chez lui à Marinella, jusqu'à la campagne Casuzza, soit plus ou moins une quinzaine de kilomètres mais rien que de drailles juste bonnes pour des chars d'assaut, ou alors de petites routes un peu moins larges qu'une voiture, le ciel était passé du rose clair au gris, et puis du gris il s'était converti à un azur pâle pour s'arrêter momentanément sur un blanchâtre laiteux qui effaçait les contours et trompait la vue.

Le coup de fil lui était arrivé à huit heures du matin, pendant qu'il finissait de prendre une douche. Il s'était levé tard passque, ce jour-là, il ne devait pas aller travailler.

Il se prit les boules. Il ne s'attendait pas à être appelé au tiliphone. Qui venait lui casser les roubignolles ?

En théorie, il n'aurait dû se trouver personne au commissariat, à l'exception du standardiste, vu que ce serait 'ne journée spéciale pour Vigàta.

Spéciale du fait que, de retour d'une visite dans l'île de Lampedusa où les centres d'accueil (oh que oui, messieurs-dames, ils avaient le courage de les appeler comme ça !) pour les migrants n'étaient plus en état de contenir ne fût-ce qu'un minot d'un mois en plus – les sardines salées avaient plus d'espace –, Môssieur le ministre de l'Intérieur avait manifesté l'intention d'inspecter les camps d'urgence mis en place à Vigàta. Lesquels, de leur côté, étaient déjà pleins comme un œuf, avec la circonstance aggravante que ces malheureux étaient contraints de dormir par terre et de faire leurs besoins dehors.

Et donc, Môssieur le Questeur Bonetti-Alderighi avait proclamé la mobilisation générale, aussi bien de la questure de Montelusa que du commissariat de Vigàta, pour blinder les rues du parcours que devrait suivre le haut personnage de manière à faire en sorte qu'arrivent à ses oreilles non pas les sifflets, bruits de bouche et gros mots (en 'talien on appelle ça « contestation ») de la population, mais seulement les applaudissements de quatre crève-la-faim dûment payés pour ça.

Montalbano, sans y pinser une seconde de plus, avait déchargé le tout sur les épaules de Mimì Augello et en avait profité pour se prendre une journée de congé. Rien qu'à le regarder à la tilivision, Môssieur le ministre lui faisait bouillir le sang, à Montalbano ; alors de le voir en pirsonne pirsonnellement...

Le tout, dans l'implicite espoir que, par le respect dû à un membre du gouvernement, au pays et environ, il n'y ait ni assassinats ni autres faits délictueux. Les délinquants auraient certainement la délicatesse d'âme de ne pas troubler cette journée grandiose.

Donc, de qui pouvait être cet appel ?

Il adécida de ne pas répondre mais l'appareil, après s'être tu quelques instants, se remit à sonner.

Et si c'était Livia ? Qui avait peut-être quelque chose d'important à lui dire ? Non, rien à faire, il devait soulever le combiné.

— Allô, *dottori* ? Catarella *sum*.

Stupéfaction de Montalbano.

— Qu'est-ce t'as dit ?

— Catarella je suis, *dottori*.

Il poussa un soupir de soulagement. Il avait mal entendu. L'univers se remit en ordre.

— Je t'écoute.

— *Dottori*, je dois d'abord vous prévenir que c'est un truc long et très compliqué.

Du pied Montalbano attira une chaise et s'y assit.

— *E io ccà sugno*, et moi je suis là.

— Bon. Ce matin étant donné que le soussigné s'étant conformé à l'ordre du *dottori* Augello en tant qu'il y avait l'attente de l'arrivée de l'hélicoptère qui amenait Môssieur le ministre...

15

— Il est arrivé ?

— Je sais pas, *dottori*. Je suis dans l'ignorancement de cette circonstance.

— Mais où es-tu ?

— Dans un autre lieu se disant campagne Casuzza, qui est se trouvant après le passage à niveau qui vient après…

— Je sais où c'est, la campagne Casuzza. Mais tu veux bien m'expliquer ce que tu fais là, oui ou non ?

— *Dottori*, j'ademande compréhensivité et pardonnement, mais si vosseigneurie me met au milieu sans arrêt des 'nterruptions, je…

— Excuse-moi, continue.

— Or donc, à un certain moment, le susdit *dottori* Augello reçut un coup de fil de contre-ordre du standard où que j'avais été sussetitué par l'agent Filipazzo Michele, lequel en tant que tel s'était escagassé une jambe et…

— Excuse-moi, mais lequel, qui ? Le *dottor* Augello ou Filipazzo ?

Il trembla à la pensée que Mimì s'étant fait mal, ce serait à lui d'aller recevoir le ministre.

— Filipazzo, *dottori*, lequel en conséquence duquel escagassement ne pouvait s'adonner au service actif, et il passa le susdit coup de tiliphone à Fazio, lequel l'ayant écouté, me dit de laisser tomber l'attentement de l'hélicoptère et de me rendre urgentement en la campagne Casuzza. Laquelle…

Montalbano se persuada qu'il faudrait la moitié de la matinée pour arriver à comprendre quelque chose.

— Écoute, Catarè, faisons comme ça. Là, je me renseigne et puis je rappelle d'ici cinq minutes.

— Mais pendant ce temps, le portable, je dois le garder éteint ou pas ?

— Éteins-le.

Il appela Fazio. Lequel répondit aussitôt.

— Le ministre est arrivé ?

— Pas encore.

— Catarella m'a téléphoné mais au bout d'un quart d'heure qu'il parlait, je n'avais encore rien compris.

— *Dottore*, je vous explique de quoi il s'agit. Un paysan a appelé notre standard pour faire savoir que, dans son champ, il a trouvé un cercueil.

— Vide ou plein ?

— Je n'ai pas bien compris. On entendait très mal.

— Pourquoi tu y as envoyé Catarella ?

— Ça m'a pas semblé bien difficile.

Il remercia Fazio et rappela Catarella.

— Le *tabbuto* est vide ou plein ?

— *Dottori*, le susdit *tabbuto* se trouvant avec le couvercle posé sur le dessus, en conséquence le contenu du même *tabutto* adevient invisible.

— Donc, tu ne l'as pas soulevé ?

— Oh que non, *dottori*, en tant qu'il y avait manquement d'ordre de soulèvement du couvercle. Si vosseigneurie m'ordonne de l'ouvrir, je l'ouvre. Mais c'est inutile.

— Pourquoi ?

— Passque le *tabutto* n'est pas vide.

— Comment tu le sais ?

— Je le sais en tant que le plouc paysan qui serait le propriétaire du terrain où s'atrouve disposé le susdit *tabutto* et qui s'appelle Annibale Lococo, né de feu Giuseppe, et qui est là à côté de moi, souleva

17

le couvercle juste ce qu'il faut pour voir que le *tabutto* était occupé.

— Occupé par qui ?

— Par un cadavre de mort, *dottori*.

Et donc, l'affaire était importante, au contraire de ce qu'avait pinsé Fazio.

— C'est bon, attends-moi.

Et ainsi dut-il, en jurant, monter en voiture et partir.

Le cercueil était du genre pour morts de troisième classe, pour les plus miséreux, en bois grossier sans même une couche de peinture.

Un coin de toile blanche débordait de dessous le couvercle mal posé.

Montalbano se pencha pour mieux le voir. Entre pouce et index de la main droite, il le prit et le tira encore un peu au-dehors. Ce qui lui permit de voir qu'un B et un A entrelacés étaient brodés.

Annibale Lococo était assis au bout du *tabbuto*, du côté des pieds, un fusil à l'épaule et il se fumait un demi-toscan. C'était un quinquagénaire rôti par le soleil.

Catarella se tenait à un pas de distance, mais debout, immobile au garde-à-vous, 'ncapable d'articuler un mot, submergé par l'émotion de mener une enquête avec le commissaire.

Tout alentour un paysage désolé, plus de pierres que de terre, quelques rares arbres qui souffraient d'un manque d'eau millénaire, des plaques de sagine, des touffes énormes d'herbe sauvage. À un kilomètre de distance, 'ne bicoque solitaire, peut-être celle qui donnait son nom à la campagne.

Près du *tabutto*, sur la poussière qui avait été autrefois de la terre, on voyait clairement les traces des chaussures de deux hommes et des pneus d'une camionnette.

— Il est à vous, c'te terrain ? demanda Montalbano à Lococo.

— Terrain ? Quel terrain ? dit Lococo en le fixant d'un air ahuri.

— Celui où nous sommes.

— Ah. Et vosseigneurie appelle ça un terrain ?

— Qu'est-ce que vous y cultivez ?

Avant d'arépondre, le paysan le fixa nouvellement, souleva sa casquette, se gratta la tête, retira le cigare de sa bouche, cracha par terre avec mépris, se remit le demi-toscan entre les lèvres.

— Rin. Putain, qu'est-ce que vous voulez que je cultive ? Ici, y a rin qui prend. Une terre maudite, c'est. Mais je viens y chasser. C'est plein de lièvres.

— C'est vous qui avez découvert le *tabbuto* ?

— Oh que oui.

— Quand ?

— Ce matin, vers six heures et demie. Et je vous ai appelé tout de suite avec le portable.

— Hier soir, vous êtes passé par ici ?

— Oh que non, ça fait trois jours que je ne viens pas.

— Donc, vous ne savez pas quand on a laissé le *tabutto* ici.

— Exactement.

— Vous avez regardé à l'intérieur ?

— Bien sûr. Pourquoi, vosseigneurie, non ? J'ai été pris de curiosité. J'ai vu que le couvercle n'était

19

pas vissé et je l'ai un peu soulevé. Il y a un *catafero* recouvert par un drap.

— Dites-moi la vérité, vous avez déplacé le drap pour regarder sa tête ?

— Oh que oui.

— Homme ou femme ?

— Homme.

— Vous l'avez reconnu ?

— Jamais vu.

— Vous imaginez la raison pour laquelle on l'a laissé dans ce champ ?

— Si j'avais tant d'imagination, j'écrirais des romans.

Il semblait sincère.

— Bon, d'accord. Levez-vous, s'il vous plaît. Catarella, soulève le couvercle.

Catarella s'agenouilla à côté de la caisse et grimaça.

— *Iam fetet*, dit-il à l'adresse du commissaire.

Montalbano fit un bond en arrière, abasourdi. Alors, c'était vrai ! Il ne s'était pas trompé ! Catarella parlait en latin !

— Qu'est-ce que t'as dit ?

— J'ai dit qu'il pue déjà.

Eh non ! Cette fois, il avait entendu bien distinctement ! Il n'y avait pas de risque d'erreur.

— Tu veux te foutre de ma gueule ! explosa-t-il dans un grand cri qui l'assomma le premier.

En réponse, les chiens, au loin, se mirent à aboyer.

Catarella laissa retomber le couvercle et se mit debout, rouge comme un coq.

— Moi ? Vosseigneurie ? Mais comment ça peut vous venir, une chose pareille ? Moi, jamais au grand jamais, je me pirmettrais de…

Il ne put continuer. Désespéré, il se prit la tête entre les mains et acommença à gémir.

— *O me miserum ! O me infelicem !*

Montalbano vit rouge, il perdit le contrôle de ses nerfs et sauta sur lui, en le chopant au collet et en le secouant, comme si Catarella était un poirier dont il voulait faire tomber les fruits mûrs.

— *Mala tempora currunt !* dit, philosophe, Lococo en aspirant une bouffée de son cigare.

Montalbano s'aparalysa, glacé d'épouvante.

Lococo s'y mettait aussi, au latin ? Il était retourné en arrière dans le temps et ne s'en était pas aperçu ? Alors, comment ça se faisait qu'ils étaient habillés de manière moderne et qu'ils n'avaient ni tunique ni toge ?

Mais à ce moment-là, le couvercle du *tabbuto* s'ouvrit, poussé de l'intérieur, tombant à terre avec un grand bruit, et le *catafero* qu'on aurait dit une momie se redressa lentement.

— Mais enfin, Montalbano, vous n'avez aucun respect pour les morts ? demanda, en proie à une rage noire, le *catafero*, tandis qu'il écartait le drap de son visage pour se faire reconnaître.

C'était Môssieur le Questeur Bonetti-Alderighi.

Montalbano resta longtemps couché à repinser au rêve qu'il venait de faire et qui l'impressionnait beaucoup.

Certes pas passque le mort s'était arévélé être Bonetti-Alderighi ou passque Catarella et Lococo s'étaient mis à parler en latin, mais parce qu'il s'était agi d'un sommeil traître, trompeur, c'est-à-dire de ceux où la succession des faits respecte parfaitement la logique et la chronologie.

Et chaque partie, chaque détail étaient présentés de manière à accroître le sentiment de réalité. Et la frontière entre le rêve et la réalité finit par adevenir trop mince, presque 'nvisible. Heureusement que, dans la partie finale, la logique avait disparu, passque sinon ça aurait été un de ces rêves dont, au bout de quelque temps, on ne sait plus s'il s'agit d'un fait réellement advenu ou s'il a été rêvé.

Sauf que, dans le rêve qu'il avait fait, il n'y avait absolument rin de vrai, pas même la venue du ministre.

Et en conséquence, cette journée n'était pas une journée de repos, mais de travail. Comme toutes les autres.

Il se leva, ouvrit la fenêtre.

Le ciel était encore bleu pour moitié, mais l'autre moitié était en train de changer de couleur : elle virait au gris à cause d'une couverture de nuages uniformes et plats venant de la mer.

À peine était-il sorti de la douche que le tiliphone sonna. Il alla répondre en mouillant le sol. C'était Fazio.

— *Dottore*, pardon pour le dérangement, mais…

— Je t'écoute.

— Le questeur a tiliphoné. Il a reçu une communication urgente. Ça concerne le ministre de l'Intérieur.

— Mais il est pas à Lampedusa ?

— Oh que oui, mais il paraît qu'il veut venir visiter le campement d'urgence de Vigàta. Il arrive dans deux heures en hélicoptère.

— Quelle grandissime chierie !

— Attendez. Le questeur a décidé que tout le commissariat doit se mettre aux ordres du questeur adjoint Signorino qui sera là dans un quart d'heure. Je voulais vous avertir.

Montalbano poussa un soupir de soulagement.

— Merci.

— Vosseigneurie, naturellement, vous n'avez aucune intention de vous montrer.

— T'as mis dans le mille.

— Qu'est-ce que je dis à Signorino ?

— Que je suis couché avec la grippe et que je le prie de m'excuser pour cette absence. Et avec tout le respect dû, je vais me la couler douce. Quand le ministre s'en va, appelle-moi ici, à Marinella.

Et donc, la venue du ministre était un fait avéré.

Pouvait-il dire qu'il avait fait un rêve prémonitoire ? Si oui, cela signifiait-il que Môssieur le Questeur, d'ici peu, allait se retrouver à l'intérieur d'un *tabbuto* ?

Non, c'était une simple coïncidence. Il n'y aurait pas de suite. Avant tout parce que, à bien y pinser, il était humainement impossible que Catarella se mette à parler latin.

De nouveau, le téléphone.

— Allô ?

— Excusez-moi, c'est une erreur, dit une voix féminine avant de raccrocher.

Mais ce n'était pas Livia ? Pourquoi avait-elle dit s'être trompée de numéro ? Il l'appela.

— Qu'est-ce qui te prend ?

— Pourquoi tu me demandes ça ?

23

— Excuse-moi, Livia, tu fais le numéro de chez moi, je te réponds et tu raccroches en disant que c'est une erreur !

— Ah, c'était toi !

— Bien sûr que c'était moi !

— Mais, tu vois, j'étais tellement sûre de ne pas te trouver chez toi que... À propos, qu'est-ce que tu fais encore à Marinella ? Tu ne te sens pas bien ?

— Je me sens très bien ! Et n'essaie pas d'esquiver !

— Esquiver quoi ?

— Le fait que tu n'as pas reconnu ma voix ! Ça te paraît naturel qu'après toutes ces années...

— Comme elles te pèsent, hein ?

— Qu'est-ce qui me pèse ?

— Les années qu'on a passées ensemble.

En conclusion, ce fut une belle engueulade de plus d'un quart d'heure.

Il passa une autre demi-heure en rousinant en caleçon dans la maison. Puis arriva Adelina, laquelle, en le voyant, se prit la frousse.

— Sainte Mère, *dottori*, qu'est-ce qui fut ? Malade, vous êtes ?

— Adelì, tu veux t'y mettre, toi aussi ? Non, ne t'inquiète pas. Je vais très bien. Et même, tu sais quoi ? Aujourd'hui, je mange à la maison. Qu'est-ce que tu m'aprépares ?

Adelina sourit.

— Qu'est-ce que vous diriez d'un bon plat de pâtes *'ncasciata*[1] ?

_____

1. Pâtes au four avec fromage (provolone fumé), tomate, saucisson, œuf dur, etc. Recette variable d'une famille à l'autre.

— Une merveille, Adelì.

— Et après, trois ou quatre petits rougets frits croquants ?

— Disons cinq, et on n'en parle plus.

Le Paradis était soudain tombé sur la Terre.

Il resta chez lui une heure, mais à peine commença-t-il à sentir dans ses narines le parfum angélique qui venait de la cuisine qu'il comprit que ce n'était pas possible, il ne pourrait pas résister, il lui vint tout de suite une sensation de creux à l'estomac, et donc il décida de se faire une longue balade au bord de la mer.

Quand il revint au bout de deux heures, Adelina l'avertit que Fazio avait appelé pour dire que le ministre avait changé d'idée et qu'il était reparti pour Rome sans passer par Vigàta.

Montalbano arriva au commissariat à quatre heures passées, le sourire aux lèvres, en paix avec lui-même et le monde sensé. Miracle des pâtes 'ncasciata.

Il s'arrêta un instant devant Catarella qui, en le voyant entrer, avait bondi au garde-à-vous.

— Catarè, je peux te demander un truc, par curiosité ?

— À vos ordres, *dottori*.

— Tu l'aconnais, le latin ?

— Certainement, *dottori*.

Montalbano fut abasourdi, ahuri. Il était persuadé que Catarella avait tout juste réussi à faire l'école obligatoire.

— Tu l'as étudié ?

— Étudié, étudié, à proprement parler non, monsieur, mais je peux vous dire que je l'aconnais bien.

Montalbano blémissait toujours plus.

— Et comment t'as fait ?

— À l'aconnaître ?

— Oui.

— C'est un voisin qui me l'a présenté.

— Mais qui ?

— L'ingénieur Vincenzo Camastra, appelé *'u latino*, le Latin.

Le sourire revint sur les lèvres du commissaire. C'était mieux comme ça, tout rentrait dans la normalité.

DEUX

Sur son bureau, l'habituelle immanquable montagne de papiers à signer. Dans le courrier pirsonnel arrivé, une lettre par laquelle on invitait le commissaire Salvo Montalbano à l'inauguration d'une galerie d'art, qui s'appelait Le Petit Port, avec une exposition de peintres 1900, précisément ceux qui lui plaisaient. La lettre était arrivée en retard, car l'inauguration avait eu lieu la veille.

C'était la première galerie d'art qui ouvrait à Vigàta. Le commissaire glissa l'invitation dans sa poche, il avait l'intention d'y aller.

Au bout d'un moment arriva Fazio.

— Du neuf ?

— Rin, mais il aurait pu y avoir du neuf, et pas qu'un peu.

— Explique.

— *Dottore*, si le ministre ce matin ne changeait pas d'idée et venait ici, ça risquait de tourner vinaigre.

— Pourquoi ?

— Passque les immigrés avaient organisé 'ne protestation violente.

27

— Mais tu l'as su quand ?

— Un peu avant qu'arrive le *dottor* Signorino.

— Tu l'as averti ?

— Oh que non.

— Pour quelle raison ?

— *Dottore*, qu'est-ce que je pouvais faire ? Dès qu'il est arrivé, le *dottore* Signorino nous a fait mettre en rang et il nous a recommandé de garder les nerfs solides et d'éviter un alarmisme inutile. Il nous a avertis qu'il y avait les tilivisions et les journalistes et que donc il fallait faire attention à donner l'idée que tout fonctionnait à la perfection. Alors, à moi, il m'est venu le scrupule que si j'arévélais ce qu'on m'avait dit, il risquait de m'accuser d'alarmisme inutile. J'ai dit à nos hommes de faire attention, d'être prêts à intervenir et c'est tout.

— *Bono facisti*, t'as bien fait.

Mimì Augello entra, il était agité.

— Salvo, on vient juste de m'appeler de Montelusa.

— Eh beh ?

— On a conduit Bonetti-Alderighi au 'pital, il y a deux heures.

— Vraiment ? Et pourquoi ?

— Il s'est senti mal. On dirait un truc au cœur.

— Mais c'est grave ?

— Ils savent pas.

— Ben, renseigne-toi mieux et fais-moi savoir.

Augello sortit. Fazio avait le regard pointé sur Montalbano.

— *Dottore*, qu'est-ce qu'il y a ?

— Qu'est-ce que ça signifie ?

— Quand le *dottor* Augello vous a donné la nouvelle, vosseigneurie, vous avez blêmi. J'aurais pas cru que vous le prendriez si mal.

Pouvait-il lui dire que, pendant un instant, il avait vu Bonetti-Alderighi dedans le *tabutto* avec le drap qui lui cachait le visage, comme il lui était apparu dans son rêve ?

— Bien sûr que je l'ai mal pris ! On est des hommes, non ? Qu'est-ce qu'on est, des *armali* ? Des animaux ?

— Excusez-moi, dit Fazio.

Ils gardèrent le silence et, au bout d'un moment, Augello reparut.

— Bonne nouvelle. C'est pas le cœur. Une 'ndigestion. Ce soir, il sort.

En vérité, intérieurement, Montalbano se sentit soulagé. Dans son rêve, il n'y avait eu aucune prémonition.

Dans la galerie d'art, qui était placée juste au milieu du cours, il n'y avait pas l'ombre d'un visiteur. Montalbano s'en réjouit égoïstement, comme ça il pourrait regarder les tableaux bien tranquille. Il y avait quinze peintres exposés, chacun avec une œuvre. De Mafai à Guttuso, de Donghi à Pirandello, de Morandi à Birolli. Un pur bonheur.

D'une petite porte derrière laquelle devait se trouvait le bureau, sortit une quadragénaire élégante, en robe fourreau, belle, de haute taille, des jambes fines, de grands yeux, pommettes hautes, longs cheveux noirs comme l'encre. À première vue, elle donnait l'impression d'être brésilienne.

Elle lui sourit, s'approcha, lui tendit la main.

— Vous êtes le commissaire Montalbano, n'est-ce pas ? Je vous ai vu à la télévision. Je suis Mariangela De Rosa, Marian pour les amies, je suis la galeriste.

Montalbano ressentit une sympathie immédiate. Ça lui arrivait rarement, mais ça lui arrivait.

— Je vous félicite. De bien belles œuvres.

Marian rit.

— Trop belles et trop coûteuses pour les Vigatais.

— Effectivement, une galerie comme la vôtre, ici, je ne vois pas comment...

— Commissaire, je ne suis pas née d'aujourd'hui. Je sais comment m'y prendre. Cette exposition sert à attirer l'attention. À la prochaine, je montrerai des gravures, toujours de bon niveau, naturellement, mais beaucoup plus accessibles.

— Il ne me reste plus qu'à vous faire mes meilleurs vœux.

— Merci. Je peux vous demander s'il y a une toile qui vous a plu en particulier ?

— Oui, mais vous voyez, si vous voulez me convaincre de l'acheter, vous perdez votre temps. Je ne suis pas en mesure...

Marian rit.

— Ma question était intéressée, c'est vrai, mais dans le but de mieux vous connaître. Je crois être capable de comprendre beaucoup d'un homme en sachant quels peintres il aime et quels auteurs il lit.

— J'ai connu un mafieux, auteur d'une quarantaine de meurtres, qui pleurait d'émotion devant un Van Gogh.

— Ne soyez pas méchant avec moi, commissaire. Vous voulez bien répondre à ma question ?

— Très bien. La toile de Donghi et celle de Pirandello. À égalité. Je ne pourrais pas choisir.

Marian le fixa en fermant à demi les deux projecteurs qu'elle avait à la place des yeux.

— Vous vous y connaissez.

Ce n'était pas une question, mais une affirmation.

— M'y entendre, non. Mais je me débrouille.

— Vous vous débrouillez bien. Avouez tout, vous avez quelque chose chez vous ?

— Oui, mais rien d'important.

— Vous êtes marié ?

— Non, je vis seul.

— Alors, vous m'invitez un de ces jours à voir vos trésors ?

— Volontiers. Et vous ?

— Moi quoi ?

— Vous êtes mariée ?

Marian tordit ses belles lèvres rouges.

— Je l'ai été jusqu'à il y a cinq ans.

— Comment êtes-vous arrivée à Vigàta ?

— Mais je suis de Vigàta ! Mes parents ont déménagé à Milan quand j'avais 2 ans et mon frère Enrico 4. Enrico est revenu ici quelques années après sa licence, il est propriétaire de la mine de sel près de Sicudiana.

— Et vous, pourquoi êtes-vous revenue ?

— Parce qu'Enrico et sa femme ont beaucoup insisté... J'ai passé une sale période après que mon mari...

— Vous n'avez pas d'enfants ?

31

— Non.

— Pourquoi avez-vous décidé d'ouvrir une galerie d'art à Vigàta ?

— Pour faire quelque chose. Mais j'ai une bonne expérience, vous savez ? Quand j'étais mariée, j'en possédais deux petites, une à Milan et l'autre à Brescia.

Un couple de quinquagénaires entra, prudemment, en regardant autour d'eux comme s'ils s'attendaient à un guet-apens.

— C'est combien ? demanda l'homme à la porte.

— L'entrée est libre, dit Marian.

L'homme marmonna quelque chose à l'oreille de la femme. Laquelle fit de même avec l'homme. Alors, il dit :

— Bonsoir.

Le couple tourna le dos et sortit. Montalbano et Marian furent pris de fou rire.

Quand, une demi-heure plus tard, le commissaire quitta lui aussi la galerie, il s'était mis d'accord avec Marian que le lendemain, à huit heures du soir, il passerait la prendre et ils iraient dîner ensemble.

La soirée était belle, il dressa donc la table dans la véranda et mangea ce qui était resté des pâtes *'ncasciata* de midi. Puis il s'alluma une cigarette et se mit à regarder la mer.

À tous les coups, après la dispute du matin, Livia n'appelerait pas, elle laisserait passer au moins vingt-quatre heures pour lui adémontrer son ressentiment.

Il n'avait pas envie de lire, ni de regarder la télévision. Il voulait rester comme ça, à ne penser à rin.

Entreprise sans espoir, vu que la coucourde s'arefusait à rester sans pinsées et donc il s'en présenta cent mille, l'une après l'autre comme des éclairs.

Le rêve du *tabbuto*. Les initiales de Bonetti-Alderighi brodées sur le drap. La toile de Donghi. Catarella qui parlait latin. Livia qui n'areconnaissait pas sa voix. La toile de Pirandello. Marian.

Voilà, Marian.

Pourquoi avait-il dit tout de suite oui quand elle lui avait proposé de dîner ensemble ? Vingt ans auparavant, il aurait répondu différemment, il aurait arefusé peut-être même brusquement.

Peut-être parce qu'à une femme aussi élégante et belle, il était difficile de dire non ? Et n'avait-il pas dit non tant de fois à des femmes plus belles encore que Marian ?

Alors, cela ne pouvait signifier qu'une chose. Que son caractère avait subi un changement à cause de l'âge. La vraie vérité était que, maintenant, plus souvent qu'à son tour, il ressentait la solitude, la fatigue de la solitude, l'amertume de la solitude.

Il savait parfaitement que si, certaines nuits, il s'attardait dans la véranda à fumer et à boire du whisky, ce n'était pas parce qu'il n'avait pas sommeil, mais parce qu'il lui pesait beaucoup de dormir seul.

Il aurait voulu Livia à côté de lui et, à défaut de Livia, quelque autre femme de belle apparence aurait fait l'affaire.

Et ce qu'il y avait de curieux dans ce désir, c'est qu'il n'avait rien de sexuel, il aurait seulement voulu sentir la chaleur d'un autre corps à côté du sien. Il pinsa au titre d'un film qui exprimait exactement son désir : *Je voulais juste dormir avec elle.*

Il n'avait pas ce qu'on peut vraiment appeler des amis. Le genre d'amis auxquels on se confie, auxquels on raconte même ses pensées les plus secrètes... Bien sûr, Fazio et Augello étaient des amis, mais ils n'appartenaient pas à cette catégorie.

Le cœur gros, il resta dans la véranda à finir la bouteille de whisky.

De temps en temps, il s'assoupissait et puis, moins d'un quart d'heure plus tard, s'aréveillait.

Toujours plus mélancolique, avec une sensation toujours plus aiguë de s'être trompé en tout dans la vie.

S'il s'était marié à temps avec Livia...

Non, par pitié, ne commençons pas avec les conditionnels.

Disons les choses comme elles le sont : s'il avait épousé Livia, malgré tout l'amour qu'il avait pour elle, ils se seraient quittés au bout de quelques années à peine.

Rien, ni amour, ni passion, n'aurait pu être assez fort pour les obliger à coexister longtemps sous le même toit.

À moins que...

À moins qu'ils n'aient adopté François, comme l'adésirait Livia.

François !

François avait été un échec total. Le garçon avait mis beaucoup du sien pour que la situation s'aggrave. Mais Livia et lui en avaient rajouté.

En 1996, ils avaient dû prendre chez eux pendant quelque temps un petit orphelin tunisien de 10 ans, François, et ils s'étaient attachés à lui au point que Livia lui avait proposé de l'adopter. Mais lui, il ne s'était pas senti de le faire et le minot s'était retrouvé dans l'exploitation agricole de la sœur de Mimì Augello, traité comme un fils.

Et cela, à y repenser à tant d'années de distance, avait peut-être été une grosse erreur.

L'accord était qu'il enverrait à la sœur d'Augello un chèque mensuel comme contribution aux frais. Il avait donné un ordre de virement à la banque et ça avait duré des années.

Sinon que plus il grandissait et plus François arévélait un caractère difficile. Désobéissant, querelleur, casse-pieds, toujours d'humeur noire, il ne voulait pas entendre parler des études, mais il était très intelligent. Les premiers temps, Livia et lui étaient venus le voir souvent puis, comme il arrive, les visites s'étaient toujours plus raréfiées jusqu'à cesser. De son côté, le garçon refusait de venir à Vigàta pour rencontrer Livia quand elle descendait de Boccadasse.

Il était évident que François souffrait de sa condition et peut-être avait-il pris son adoption manquée comme un refus. Quelques jours après le vingtième anniversaire du garçon, Mimì Augello avait annoncé à Montalbano qu'il s'était enfui de l'exploitation agricole.

Ils avaient remué ciel et terre pour le retrouver, en vain. Et ils avaient donc dû se résigner.

Maintenant qu'il avait 25 ans, allez savoir où l'avaient porté ses pas.

Mais pourquoi revenir sur le passé ? Ce qui s'était brisé n'était plus réparable.

À la pinsée de François, il lui était venu un nœud dans la gorge. Il le dénoua avec le dernier quart de verre de whisky.

Aux premières lueurs de l'aube, il vit sur l'horizon un trois-mâts majestueux qui se dirigeait vers le port.

Alors, il décida d'aller se coucher.

Quand il s'aréveilla, Montalbano comprit qu'il était d'humeur noire. Il alla ouvrir la fenêtre. C.Q.F.D., le ciel était sombre, complètement couvert de nuages gris foncé.

Catarella le bloqua à l'entrée.

— *Dottori*, excusez-moi, il y a un monsieur qui vous attend.

— Qu'est-ce qu'il veut ?

— Il veut apporter plainte pour 'ne agrassion à main armée.

— Mais Augello n'est pas là ?

— Il téléphona qu'il arrive tard.

— Et Fazio ?

— Fazio s'est transporté sur les lieux à la campagne Casuzza.

— On a trouvé un autre *tabbuto* ?

Caratarella lui lança un regard ahuri.

— Oh que non, *dottori*, à cause qu'il y eut une bagarre enragée entre deux chasseurs et qu'un des deux, je ne sais pas lequel, si c'est le premier ou le deuxième, tira sur l'autre, dont en conséquence je ne sais pas si c'est le premier ou le deuxième, en l'éraflement le long d'une jambe.

— Bon, d'accord. Mais comment as-tu dit qu'il s'appelait, ce monsieur ?

— Je me l'arappelle pas bien, *dottori*. Di Maria, ou di Maddalena, un nom comme ça.

— Je m'appelle di Marta, Salvatore di Marta, dit un quinquagénaire bien vêtu, complètement chauve, parfumé, rasé à la perfection.

Marta, Maria, Maddalena : Marthe, Marie et Madeleine : les pieuses femmes du Calvaire. Catarella s'était trompé mais, comme d'habitude, il n'était pas passé loin.

— Asseyez-vous et dites-moi tout, monsieur di Marta.

— Je voudrais porter plainte pour agression à main armée.

— Racontez-moi quand et comment ça s'est passé.

— Hier soir, ma femme Loredana rentrait à la maison peu après minuit...

— Pardonnez-moi de vous couper. L'agression, c'est vous ou c'est votre femme qui l'a subie ?

— Ma femme.

— Et pourquoi n'est-elle pas venue elle-même porter plainte ?

— Écoutez, *dottore*, Loredana est très jeune, elle n'a pas encore 20 ans... Elle a eu très peur, je crois qu'elle a un peu de fièvre...

— Je comprends. Continuez.

— Elle rentrait tard parce qu'elle était allée voir sa meilleure amie qui ne se sentait pas bien et qu'elle n'avait pas le cœur de laisser seule...

— C'est naturel.

— En somme, à l'instant où Loredana a tourné dans la rue Crispi, qui est très peu éclairée, elle a vu un homme immobile à terre. Elle a freiné, est descendue pour lui porter secours, mais l'homme s'est relevé d'un bond, il avait à la main quelque chose que Loredana a cru être un pistolet, il l'a obligée à remonter en voiture et il s'est assis à côté d'elle. Puis…

— Un moment. Comment l'a-t-il obligée ? En pointant sur elle un pistolet ?

— Oui, et aussi en la prenant par un bras. Si fort qu'il lui a fait un bleu. Il a dû être très violent, il lui a laissé des hématomes sur les épaules aussi, quand il l'a poussée dans la voiture.

— Il a dit quelque chose ?

— L'agresseur ? Rien.

— Il dissimulait son visage ?

— Oui, il avait une espèce de foulard qui lui couvrait le nez et la bouche. Loredana avait laissé son sac à main dans la voiture. Il l'a ouvert, a pris l'argent qui s'y trouvait, a retiré les clés du contact et les a jetées loin sur la route. Puis…

Il était clairement mal à l'aise.

— Et puis ?

— Et puis, il l'a embrassée. En fait, il a fait plus que l'embrasser, il lui a mordu les lèvres. Elle en porte encore la marque.

— Où habitez-vous, monsieur di Marta ?

— Dans le nouveau quartier résidentiel, aux Trois Pins.

Montalbano aconnaissait la zone. Il y avait quelque chose qui lui semblait bizarre.

— Excusez-moi, vous avez dit que l'agression a eu lieu passage Crispi.

— Oui, je comprends ce que vous voulez dire. Vous voyez, en rentrant à la maison, je n'avais pas pu aller déposer la recette du supermarché à la caisse automatique de ma banque. Alors, j'ai donné l'argent à Loredana en la priant de s'en occuper, elle, avant d'aller chez son amie. Mais elle a oublié, elle s'en est souvenue seulement au moment de rentrer et alors elle a dû faire ce crochet qui...

— Donc, il y avait beaucoup d'argent dans le sac de madame ?

— Beaucoup, oui. 16 000 euros.

— Il s'est contenté de l'argent ?

— Mais il l'a même embrassée ! Et heureusement qu'il s'est contenté de ça, même si c'était déjà violent !

— Je voulais dire autre chose. Votre femme porte habituellement des bijoux ?

— Ben, oui. Un collier, des boucles d'oreilles, deux bagues... une petite montre Cartier... des choses de valeur. Et la bague de mariage, naturellement.

— L'agresseur les lui a laissés ?

— Oui.

— Vous avez une photo de madame ?

— Bien sûr.

Il la sortit du portefeuille, la lui tendit. Montalbano la fixa et la lui rendit.

Fazio fit son entrée.

— Tu tombes bien. Maintenant, M. di Marta va aller dans ton bureau déposer une plainte pour agression à main armée. Je vous dis au revoir, monsieur di Marta. Nous vous recontacterons bientôt.

Mais comment un homme de plus de 50 ans pouvait-il se marier à une gamine de moins de 21 ? Et en plus, pas avec n'importe laquelle, mais avec une fille comme cette Loredana qui, à en croire la photographie, était d'une beauté à faire peur ?

Comment faisait-il pour ne pas calculer que, quand il atteindrait les 70 ans, sa femme serait à peine quadragénaire ? C'est-à-dire une femme plus qu'appétissante et munie elle-même d'un bon et sain appétit ?

Bon, d'accord, il avait passé la nuit à pleurer sur sa solitude, mais un mariage pareil aurait été un remède pire que le mal.

Fazio s'aprésenta au bout d'un quart d'heure.

— C'est lequel, son supermarché ?

— Le plus grand de Vigàta, *duttù*. Il s'est marié l'année dernière avec une de ses vendeuses. Au pays, on disait qu'elle lui avait fait perdre la tête.

— T'es convaincu par cette affaire ?

— Oh que non. Et vosseigneurie ?

— Non plus.

— Vosseigneurie, vous vous l'imaginez, un voleur qui se prend seulement l'argent et ne fauche pas aussi les bijoux ?

— Je ne l'imagine pas. Mais il est possible aussi qu'on ait de mauvaises pinsées.

— Vosseigneurie, vous croyez à l'existence du voleur gentilhomme ?

— Non. Mais à un désespéré qui s'improvise voleur et qui ne saurait pas à qui vendre les bijoux, oui.

— Comment voulez-vous que je procède ?

— Je veux tout savoir sur cette Loredana di Marta. Comment s'appelle son amie de cœur et où elle habite, quelles sont ses habitudes, ses amis… tout.

— D'accord. Vous voulez que je vous raconte l'histoire de cette bagarre entre chasseurs à la campagne Casuzza ?

— Non. De la campagne Casuzza, je veux pas en entendre parler.

Fazio lui lança un regard ahuri.

TROIS

Fazio sorti, il se remit à la besogne bureaucratique, apposant signature après signature. Puis, grâce à Dieu, ce fut l'heure d'aller manger.

— À hier, vous m'avez trahi, lui reprocha Enzo en le voyant entrer dans sa trattoria.

— Je mangeai chez moi. Adelina m'avait préparé le repas, arépondit aussitôt le commissaire pour éviter un éventuel accès de jalousie d'Enzo, qui tenait beaucoup à avoir le commissaire comme client 'bituel.

L'histoire qu'était venue lui raconter di Marta lui avait fait passer, allez savoir pourquoi, son humeur noire. Au fond, une trahison éventuelle de sa femme, M. di Marta l'avait bien cherchée. Ce n'est pas qu'il ait l'habitude de se réjouir du malheur des autres mais certaines fois…

— Qu'est-ce que tu me sers ?

— Tout ce que vous commanderez.

Il commanda et fut servi. Peut-être commit-il un abus de pouvoir et commanda-t-il trop et répétitivement.

Au point qu'il eut quelque difficulté à se lever de sa chaise.

En conséquence, la promenade jusqu'au bout du môle, tout doucement, un pas après l'autre, s'avéra plus que nécessaire.

Le beau trois-mâts qu'il avait vu au petit matin se diriger vers le port était maintenant amarré à l'endroit où, chaque jour, à huit heures du soir, se rangeait la navette. Manifestement, il allait devoir se déplacer avant cette heure-là. Deux marins, avec seau et balais, étaient occupés à nettoyer le pont. Personne d'autre, de l'équipage ou des passagers, n'était visible. À la poupe était écrit le nom du voilier, *Verouchka*. Il arborait un drapeau que le commissaire n'areconnut pas. Toutefois, combien y avait-il de bateaux de richards italiens qui battaient pavillon italien ? Mais il s'arappela vaguement 'ne certaine Verouchka qui avait été un célèbre mannequin.

Il s'assit, comme d'habitude, sur le rocher plat sous le phare et s'alluma une cigarette.

Il s'aperçut qu'au milieu du rocher un crabe, immobile, le fixait.

Se pouvait-il que depuis tant d'années, ce fût le même crabe que de temps en temps il embêtait en lui jetant du gravier ?

À moins qu'une famille de crabes se soit passé le mot de père en fils ?

— Écoute, minot, tu sais, y a le commissaire Montalbano, presque chaque jour après déjeuner, il vient là et ça lui plaît de déconner avec nous. Eh, sois patient, laisse-le s'amuser, c'est un pôvre solitaire qui fait de mal à pirsonne.

Il lui rendit son regard et dit :

— Merci, excuse-moi, crabe, mais j'ai pas envie.

Le crabe se mit en mouvement et, en marchant de côté, disparut dans l'eau.

Il aurait beaucoup aimé rester comme ça jusqu'au coucher du soleil.

Mais il devait rentrer au bureau. Il se leva en soupirant et reprit le chemin du retour.

Il avait à peine passé l'échelle de coupée du trois-mâts que trois taxis s'arrêtèrent à la queue leu leu devant le bateau. Visiblement, les passagers désiraient visiter les temples grecs.

Il passa la totalité de l'après-midi à s'ennuyer à mort en signant des papiers inutiles. Mais il fallait absolument le faire, non par sens du devoir mais parce qu'il avait appris que la vengeance subtile d'un papier non signé consistait en sa démultiplication en deux papiers au moins, dont un dans lequel on lui demandait pourquoi il n'avait pas signé le précédent et dont l'autre était une copie du premier au cas où il ne l'aurait pas reçu.

Vers sept heures du soir, Fazio se pointa. On aurait dit un chasseur rentrant déçu, gibecière vide.

— *Dottore*, j'ai les informations sur Loredana di Marta.

— Parle.

— Pas grand-chose. La demoiselle, de son nom de jeune fille La Rocca, née de Giuseppe La Rocca et de Caterina Sileci, le…

Il était repris par sa manie. Celle de réciter la totalité de la fiche d'état civil d'une pirsonne sur laquelle on

45

enquêtait. Si on ne le bloquait pas tout de suite, il était capable d'évoquer les arrière-grands-parents de la fille. Le regard mauvais, Montalbano le menaça.

— Arrête-toi là. Je t'avertis : si tu continues à…

— Pardonnez-moi. Je ne le ferai plus. J'étais en train de vous dire que c'te Loredana, avant de se marier avec di Marta, avait été fiancée depuis l'âge de 15 ans avec un garçon de 20, un certain Carmelo Savastano, un débauché, un bon à rien, mais elle en était éperdument amoureuse.

— Et alors pourquoi l'a-t-elle quitté pour di Marta ?

Fazio haussa les épaules.

— Bah. Il y a des bruits qui courent.

— Lesquels ?

— Que di Marta aurait négocié l'affaire avec Savastano.

— Explique-moi ça. Il aurait dit à Savastano de quitter la fille ?

— C'est ce qu'on dit.

— Et Savastano aurait accepté ?

— Oh que oui.

— Évidemment, en se faisant bien payer.

— C'est sûr qu'il ne s'est pas laissé convaincre juste par des bonnes paroles.

— En somme, di Marta se serait, en quelque sorte, acheté Loredana. Qu'est-ce qu'on dit d'elle au pays ?

— Pirsonne déparle d'elle. Tout le monde dit que c'est une brave petite. Elle se comporte bien. Elle sort de chez elle avec son mari ou seulement pour aller voir son amie.

— Tu sais comment elle s'appelle ?

— Oh que oui. Valeria Bonifacio. Elle habite dans un pavillon, 28, via Palermo.

— Elle est mariée ?

— Oh que oui. Avec le capitaine d'un vapeur qui passe des mois entiers embarqué sans jamais revenir à Vigàta.

— Alors, en conclusion, ce serait un vrai braquage à main armée ?

— C'est ce qu'on dirait.

— Donc, il faut essayer de choper le voleur.

— Ça ne sera pas facile.

— Je pense pareil.

Dès que Fazio le quitta, il eut une pinsée. Il tiliphona à Adelina, sa bonne.

— Qu'est-ce qui fut, *dottori* ? Qu'est-ce qui se passa ?

— Rin, Adelì, calme-toi. J'ai besoin de parler avec ton fils Pasquali.

— Sorti, il est. Dès qu'il rentre, je lui demande de vous appeler.

— Non, Adelì, je vais quitter le bureau et ce soir je ne serai pas à Marinella. Il vaut mieux qu'il me tiliphone demain matin ici, au commissariat.

— Comme voudra vosseigneurie.

Pasquali était un délinquant d'habitude, un cambrioleur qui alternait séjours en prison et liberté. Montalbano avait tenu son fils sur les fonts baptismaux et Pasquali, en signe de reconnaissance, avait voulu appeler ce dernier Salvo. De temps en temps, quand le commissaire le lui demandait, il fournissait quelques 'nformations utiles.

Comment se faisait-il que le rideau de fer de la galerie soit baissé presque jusqu'au sol ?

Il était pourtant était huit heures moins cinq. Marian avait-elle oublié leur rendez-vous ?

Sans grand espoir, il appuya sur la sonnette. Et après un moment, il entendit sa voix à elle qui disait :

— Relevez le rideau et entrez.

La première chose qu'il vit en pénétrant à l'intérieur, ce fut qu'il n'y avait plus un seul tableau accroché aux murs.

— Mais qu'est-ce qui se passe ?

— J'ai vendu tous les tableaux. Tous d'un coup ! Venez.

Elle le prit par la main, l'entraîna vivement jusque dans le bureau, le fit asseoir dans un fauteuil, ouvrit un minibar, en tira une bouteille de champagne.

— Je l'ai achetée exprès. Je vous attendais pour trinquer. Ouvrez-la.

Montalbano s'exécuta pendant qu'elle prenait deux verres.

Ils trinquèrent. Montalbano était content de la voir si contente.

Cette fois, ce fut Marian qui lui tendit les lèvres, sur lesquelles Montalbano déposa un très chaste baiser. Marian s'assit dans l'autre fauteuil.

— Je suis heureuse.

Le bonheur la rendait encore plus *beddra*, belle.

— Racontez-moi comment ça s'est passé.

— Pourquoi on ne se tutoierait pas ?

— Volontiers. Raconte-moi, comment ça s'est passé ?

— Ce matin, vers dix heures et demie, est entrée une dame très élégante, plus ou moins de mon âge. Elle est restée une heure entière à regarder les toiles. Puis elle m'a dit au revoir en me félicitant et elle est sortie.

— Elle était italienne ?

— Je ne crois pas. Elle parlait parfaitement italien mais avec un accent qui m'a semblé allemand. Elle est revenue un quart d'heure plus tard avec un monsieur sexagénaire, obèse, très distingué. Il s'est présenté comme étant l'ingénieur Osvaldo Pedicini et m'a dit que sa femme désirerait acheter d'un coup tous les tableaux de l'exposition. J'ai failli m'évanouir.

— Et puis ?

— Il m'a demandé le montant. J'ai fait quelques comptes et je le lui ai dégainé. Je m'attendais à des négociations, mais il n'a pas bronché. Il m'a dit qu'il fallait faire vite. J'ai fermé et nous sommes allés au Credito. Il a parlé avec le directeur. Ils se sont mis à téléphoner. J'ai trouvé une excuse pour sortir et je suis allée me boire un cognac. Quand je suis revenue, le directeur et l'ingénieur m'ont dit qu'il faudrait revenir à la banque à trois heures.

— Qu'est-ce que tu as fait ?

— Rien. Je n'étais capable de rien faire. Je me sentais l'esprit confus, tout me semblait incroyable. Je suis restée ici, sur ce fauteuil. Je n'avais même pas faim. Seulement soif. À trois heures, je suis allée à la banque. Il n'y avait que Pedicini, sa femme n'est pas venue. Le directeur m'a assurée que tout était en ordre, que l'argent qui me revenait arriverait demain mais que c'était déjà comme s'il avait été encaissé. Nous sommes revenus. J'ai trouvé trois taxis garés devant l'entrée. Deux marins ont apporté des caisses et se sont chargés d'emballer les toiles sous la direction de Pedicini. À six heures, tout était fini.

Elle remplit nouvellement les verres. S'assit, tendit une jambe vers Montalbano.

— Pince-moi.

— Pourquoi ?

— Parce que comme ça je verrai bien que je ne rêve pas.

Montalbano se pencha en avant, tendit le bras et exécuta un sobre pinçon de gentilhomme au mollet. Mais il retira d'un coup la main comme s'il avait pris une décharge. Marian vibrait, les nerfs sous sa peau semblaient des petits serpents vivants, une énergie irrépressible émanait d'elle.

— C'est à toi que je dois tout ça, assura Marian.

— À moi ?!

— Oui, c'est toi qui m'as porté chance.

Elle se leva et alla s'asseoir sur l'accoudoir du fauteuil de Montalbano, en lui passant un bras autour des épaules.

De son corps émanait chaleur et parfum. Le commissaire se sentit tout à coup tout suant.

Le mieux était de sortir, d'aller prendre l'air, d'alléger la tension qui, à chaque instant, devenait plus dangereuse.

— Tu as retrouvé de l'appétit ?

— Oui, et beaucoup.

— Alors, si tu me dis où tu veux que…

— D'abord, on finit la bouteille.

Visiblement, Marian avait d'autres idées en tête.

— Tu as raconté à ton frère ce qui t'est arrivé ?

La réponse fut sèche et immédiate.

— Non.

— Pourquoi ?

— Parce qu'Enrico et ma belle-sœur auraient rappliqué tout de suite.

— Et alors ?

Elle n'arépondit pas.

— Tu ne veux pas les voir ? 'nsista Montalbano.

— Pas ce soir.

Plus clair que ça ! Est-ce qu'il ne valait pas mieux siffler la fin de la récréation avant que ça se complique ?

Pour commencer, il était absolument indispensable qu'ils ne s'enivrent pas.

— Écoute, Marian, on ne peut pas finir la bouteille.

— Qui nous l'interdit ?

— On doit conduire.

— Ah oui, concéda-t-elle avec une grimace de déception. Dommage. Excuse-moi un instant.

Elle se leva, ouvrit une petite porte. Montalbano entrevit des toilettes, elle entra, ferma.

L'instant dura 'ne demi-heure. Puis Marian reparut, maquillée et fraîche comme une rose.

— Qu'est-ce que tu as envie de manger ? lui demanda le commissaire.

— Ce que tu voudras.

— Il vaut mieux qu'on y aille chacun avec sa voiture. La mienne est garée un peu plus loin.

51

— La mienne aussi. Ah, je veux te dire une chose. Il y a une condition impérative pour que je vienne dîner avec toi.

— Dis-la-moi.

— C'est moi qui invite. Il faut que je fête ça.

— Allez, ne plaisante pas.

— Alors, on laisse tomber.

Elle parlait sérieusement. Et elle était résolue. Montalbano ne voulait pas faire durer.

— D'accord.

Ils sortirent. Le commissaire aida Marian à descendre le rideau de fer. Puis la jeune femme 'ndiqua une Panda verte.

— C'est la mienne.

— Alors, suis-moi, dit Montalbano en se dirigeant vers sa voiture.

Il voulait l'emmener dans cette trattoria au bord de la mer où on servait une grande quantité de hors-d'œuvre, mais il se trompa deux fois de route. À un certain moment, il se rendit : il ne savait plus où il était ni où il devait aller. Il s'arrêta. Marian se rangea à sa hauteur.

— Tu n'arrives pas à trouver la route ?

— Non.

— Mais où est-ce qu'on doit aller ?

— Dans un restaurant où on sert des hors-d'œuvre qui...

— Mais alors, je sais où c'est ! Suis-moi !

Alors, là, c'était la honte !

Deux minutes plus tard, ils étaient attablés.

— C'est ton frère qui t'a amenée ici ? demanda Montalbano.

— Non. Une autre personne, arépondit-elle en le regardant dans les yeux, et elle ajouta : Je veux tout savoir de toi. Comment ça se fait que tu n'as pas de femme ? Tu es divorcé ? Fiancé ?

C'était la bonne occasion. Le commissaire lui parla longuement de Livia et elle, à la fin, ne fit aucun commentaire.

Avec plaisir, le commissaire remarqua qu'elle mangeait de bon 'pétit et ne laissait rin dans l'assiette.

Elle lui raconta son mariage raté et les difficultés qu'elle avait dû vaincre pour obtenir le divorce.

— Si tu tombais amoureuse d'un autre homme, tu te remarierais ?

— Jamais plus, dit-elle, décidée.

Puis elle sourit.

— Tu es malin, toi. Ça se voit que tu es flic.

— Je ne comprends pas.

— Tu as entamé un interrogatoire dans un but précis.

— Vraiment ? Et dans quel but ?

— Savoir si, après le divorce, il y a eu d'autres hommes dans ma vie. Oui, il y en a eu, mais il s'agissait d'histoires sans importance. Satisfait ?

Montalbano ne répliqua pas.

Tout à trac, elle reprit :

— Demain, je suis vraiment désolée, mais je dois partir. Mais avant je passerai à la banque pour vérifier si tout va bien. On va pas se voir pendant au moins une semaine.

— Où vas-tu ?

— À Milan.

— Tu vas chez tes parents ?

— Je les verrai, bien sûr. Mais j'y vais parce que Pedicini m'a dit une chose qui m'a beaucoup intéressée.

— Je peux savoir ?

— Oui, ce n'est pas un secret. Il voudrait que je lui procure quelques toiles du XVIIe siècle. Sa femme et lui reviendront à Vigàta d'ici une quinzaine. Il m'a donné le nom d'un de ses amis galeristes à Milan qui pourrait m'aider. Tu regrettes ?

— Un peu.

— Un peu seulement ?

Montalbano préféra laisser glisser.

— Excuse-moi, je ne comprends pas.

— Quoi donc ?

— Si Pedicini a cet ami galeriste pourquoi a-t-il besoin de toi comme intermédiaire ?

— Pedicini m'a dit qu'il ne voulait pas apparaître au premier plan, même avec cet ami, dit-elle, puis, lui caressant la main : J'ai envie de me soûler.

— Impossible, rappelle-toi que tu dois conduire.

— Ouf, quel ennui ! Alors, je demande tout de suite l'addition et on s'en va. On a fini, non ? Je ne pourrais même plus avaler une praire.

Montalbano appela le garçon.

— Tu veux rentrer chez toi ?

— Non.

— Où veux-tu aller ?

— Chez toi. Tu as à boire ?

— Du whisky.

— Excellent. Et puis, je veux voir tes toiles.

— Je n'ai pas de toiles, rien que des gravures et des dessins.

— Ça me va aussi.

La véranda la mit en extase.

— Mon Dieu, comme c'est beau, ici !

Elle s'assit sur le banc et, d'un signe impatient, invita Montalbano à se mettre à côté d'elle.

— Tu ne voulais pas voir mes…

— Après. Viens là.

La situation était ce qu'elle était. Il pouvait seulement gagner du temps.

— Je vais chercher le whisky.

Il revint avec une bouteille neuve et deux verres.

— Tu veux des glaçons ?

— Non. Assieds-toi.

Il s'assit. Il prit la bouteille pour faire tourner le bouchon mais il en fut empêché par Marian qui l'étreignit et l'embrassa. Longuement.

Puis elle le lâcha et posa la tête sur son épaule. Montalbano lui remplit un verre à moitié et le lui tendit.

Elle ne le prit pas.

— Je n'ai plus envie de me soûler. Je désire rester parfaitement lucide.

Ce fut Montalbano qui but à sa place le demi-verre et en deux gorgées, pour se reprendre de l'étourdissement mental et physique que lui avait provoqué le baiser.

Mais il sentait que Marian était agitée. En fait, elle se leva.

— Laisse-moi passer.

Montalbano se mit debout, et à peine fut-il devant elle qu'elle lui agrippa 'ne main et l'entraîna.

Ils descendirent de la véranda. Marian retira ses chaussures.

Ils marchèrent sur la plage main dans la main jusqu'au bord de l'eau.

Puis elle le lâcha et se mit à courir le long des vagues, en riant.

Montalbano se lança à sa suite mais elle était plus rapide. Il renonça.

Marian disparut dans l'obscurité.

Le commissaire lui tourna le dos et commença à rentrer.

Il ne l'entendit pas arriver.

Il se sentit agrippé avec violence à la taille, elle le fit se retourner, se serra contre lui de tout son corps, haletante, vibrante, et lui murmura à l'oreille :

— S'il te plaît, s'il te plaît. Après je te jure que je ne…

Cette fois, ce fut Montalbano qui la prit par la main et qui se mit à courir vers sa maison.

QUATRE

Il s'aréveilla à l'improviste, regarda sa montre dans la lumière qui filtrait à travers les lames de la persienne. Sept heures. Et juste après, il s'arappela tout ce qui lui était arrivé. Il en éprouva un profond trouble. Durant les réveils du « jour d'après », il avait éprouvé honte et remords. Cette fois, non, cette fois, c'était très différent. Au cours de la nuit, quelque chose d'imprévu était survenu entre eux. Et c'te sentiment l'effrayait. Il se leva sur son séant. À côté de lui, le lit était désespérément vide, comme chaque matin.

Il referma les yeux, se recoucha, soupira, incapable de mettre un minimum d'ordre dans les sentiments contradictoires et mélangés qui lui bloquaient la coucourde.

En tout cas, le fait est que Marian s'était levée, était allée à la salle de bains, s'était habillée, était partie et que lui n'avait rien entendu, plongé dans un sommeil de tombe.

Il avait été renversé par un cyclone, 'ne véritable tempête tropicale qui avait duré longtemps, 'ne tempête par laquelle, que les choses soient claires, il avait été magnifique de se laisser secouer et qui, à la fin, l'avait abandonné absolument privé de forces et de souffle, comme un naufragé qui touche la rive après avoir nagé comme un désespéré.

Il eut un élan d'orgueil. Mon Dieu, considérant le poids d'un certain nombre d'années qui pesait sur ses épaules, au fond, tout au fond...

Mais il était temps aussi pour lui de se lever.

De manière tout à fait inattendue, cependant, lui arriva aux narines le merveilleux parfum du café qui vient juste d'être fait.

Comment se faisait-il qu'Adelina soit arrivée en avance ?

— Adelì !

Pour seule réponse, un bruit de pas qui s'approchaient.

Puis Marian parut, habillée pour sortir, une tasse de café à la main.

Il la contempla, fasciné, tandis qu'elle s'avançait. Et ce sentiment qui l'effrayait tant revint, puissant, irrésistible.

Marian posa la tasse sur la table de nuit, lui sourit d'un sourire heureux, se baissa pour l'embrasser.

— Bonjour, commissaire. C'est bizarre, je me débrouille chez toi, comme si je connaissais la maison depuis toujours.

Pour toute réponse, le corps du commissaire Montalbano agit de lui-même, sans que la coucourde ait son mot à dire.

Il bondit hors du lit, étreignit fort l'autre corps dans un mélange de renouveau du désir, de tendresse et de gratitude.

Elle lui rendit ses baisers avec transport mais, au bout d'un moment, se détacha, ferme et décidée.

— Assez, je t'en prie.

Le corps de Montalbano obéit.

— Crois-moi, dit Marian. Je ne sais pas ce que je donnerais pour rester. Mais il faut vraiment que je m'en aille. Moi aussi, je me suis endormie et j'ai traîné. J'essaierai de revenir à Vigàta au plus vite...

Elle tira son portable d'une poche.

— Donne-moi tous tes numéros. Ce soir, je t'appelle de Milan.

Montalbano l'accompagna jusqu'à la porte.

Il n'avait toujours pas aréussi à sortir trois mots, en proie à une espèce d'émotion qui l'empêchait de parler. Elle se pendit à son cou, le fixa dans les yeux et dit :

— Je ne pensais pas que...

Elle tourna le dos, ouvrit et sortit.

Montalbano, qui était nu, continua à la regarder en ne passant que la tête au-dehors ; il la vit monter en voiture et partir.

Tandis qu'il revenait dans sa chambre, la maison lui parut plus vide que d'ordinaire.

Il désira aussitôt retrouver la présence de Marian. Alors, il se jeta sur le lit, du côté où elle avait dormi et plongea son visage dans l'oreiller pour humer le parfum de sa peau.

Il était arrivé au bureau depuis cinq minutes quand le tiliphone sonna.

— *Dottori*, j'ai sur la ligne le fils de votre bonne à vous, vosseigneurie, qui serait Mme Adelina.

— Passe-le-moi.

— Bonjour, *dottore* Montalbano. Pasquali, je suis. Ma mère m'a dit que vous vouliez me parler. Il se passe quelque chose ?

— Comment va mon filleul Salvo ?

— Y grandit que c'est un bonheur.

— J'ai besoin d''ne 'nformation.

— Si je peux…

— T'as pas entendu parler d'un voleur qui, armé d'un pistolet passage Crispi, a braqué une dame en lui prenant son argent mais pas ses bijoux, qui l'a embrassée et…

— Il l'a embrassée ?

— Exactement.

— Et il lui fit rin d'autre ?

— Non.

— Je suis abasourdi.

— Tu en entendis parler ?

— Oh que non, je sais rin là-dessus. Mais si vous voulez, je me renseigne.

— Tu me rendrais service.

— Je me renseigne et je vous rappelle, *dottore*.

Mimì Augello et Fazio entrèrent ensemble.

— Du neuf ? demanda le commissaire.

— Oui, dit Augello. À hier soir, même pas cinq minutes après que tu es sorti, s'est présenté un certain Gaspare Intelisano pour porter plainte.

— Une plainte pour quoi ?

— C'est ça, le tracassin. En général, les gens viennent porter plainte passqu'on leur a défoncé la porte. Cette fois, en fait, c'est tout le contraire.

— Rin compris.

— Justement. Ça m'a semblé un truc délicat et complexe et je l'ai prié de revenir ce matin, quand tu serais là. S'il te parle *a tia*, à toi, c'est mieux. Maintenant, il est là qui attend que tu l'areçoives.

— Mais dis-moi au moins un peu de quoi il s'agit !

— Crois-moi, tu comprendras mieux s'il te raconte, lui.

— Bon, ben, d'accord.

Fazio sortit et revint avec Intelisano.

C'était un quinquagénaire grand et sec, avec une barbichette blanche qu'on aurait dit celle d'une chèvre, habillé négligemment, pantalon et veste de velours vert usés et gros godillots de campagne. Il était manifestement nerveux.

— Asseyez-vous et dites-moi tout.

Intelisano s'assit tout au bord de la chaise. Il essuya la sueur à son front avec un mouchoir grand comme un drap. Mimì prit place sur la chaise en face de lui, Fazio s'installa devant la petite table de l'ordinateur.

— Je verbalise ? demanda-t-il.

— D'abord, laissons un peu parler M. Intelisano.

Celui-ci soupira, s'essuya nouvellement le front et demanda :

— Je dois acommencer par dire comment je m'appelle, quand je suis né…

— Pas pour l'instant, racontez-moi ce qui vous est arrivé.

— Monsieur le commissaire, pour commencer, je vous dirai que je suis le seul propriétaire de trois grosses parcelles de terrain que mon père m'a laissées et qui sont cultivées surtout en blé et en racines.

61

Je les garde juste par respect pour mon cher disparu, passque ça me coûte plus que ce que j'y gagne. Une de ces trois s'atrouve dans la campagne Spiritu Santo et c'est un grandissime tracassin.

— Pourquoi ? Elle ne produit pas ?

— Une moitié, oui et l'autre moitié est stérile. La bonne moitié est semée de blé et de fèves. Mais le tracassin, c'est que, sur ce terrain, passe la frontière entre le territoire de Vigàta et celui de Montelusa, donc il est sur le cadastre de deux communes et donc de temps en temps, y a du bordel côté impôts locaux, taxes et trucs de ce genre. Vous comprenez ?

— J'ai compris. Poursuivez.

— Sur le terrain stérile, j'y vais jamais. Qu'est-ce j'irais y faire ? Y a une cahute avec un toit écroulé, sans même plus de porte, quelques amandiers d'amandes amères et c'est tout. À hier matin, en passant dans les environs pour aller du bon côté du terrain, j'ai eu un besoin pressant et j'ai voulu y entrer. Mais j'ai pas pu.

— Pourquoi ?

— J'atrouvai qu'on y avait mis 'ne porte. En gros bois et avec plein de cadenas.

— Sans que vous en sachiez rien ?

— Eh non.

— Vous êtes en train de me dire que quelqu'un est venu là pour y mettre la porte qui manquait ?

— Exactement.

— Et qu'est-ce que vous avez fait ?

— Je m'arappelai, que sur l'arrière, il y avait un fenestron. J'allai voir. Mais je n'ai pas pu entrer, parce qu'il avait été bouché de l'intérieur avec une planche.

— Vous avez des paysans qui…

— Oh que oui. Sur le terrain de la campagne Spiritu Santo, on a deux Tunisiens. J'en savais rin de la porte. La parcelle est grande et la partie où ils besognent est très loin de la bicoque. Et puis, sûrement, la porte, ils l'auront mise de nuit.

— Donc, vous n'avez pas idée de ce qu'ils en ont fait, s'ils l'ont transformée en habitation ou en entrepôt ?

— En vérité, je me suis fait ma petite idée.

— Dites-la-moi.

— On y a mis sûrement un entrepôt.

— À quoi l'avez-vous compris ?

— Devant la maison, il y a de nombreuses traces de roues, des roues de jeep ou d'un truc de ce genre.

— La porte est grande ?

— Assez pour qu'on puisse y faire passer une grosse caisse.

Une pensée foudroyante traversa l'esprit de Montalbano. Une maisonnette. Campagne Casuzza. Une grosse caisse. Grosse comme un cercueil. Les empreintes des roues sur la poussière. Est-ce qu'il y avait un rapport avec le rêve ?

C'est pour cela, peut-être, qu'il laissa tomber :

— Mieux vaut aller donner un coup d'œil.

Mais il fut pris d'un scrupule.

— La partie du terrain où se trouve la maison est sur le territoire de Vigàta ou de Montelusa ?

— De Vigàta.

— Alors, c'est de notre compétence.

— Tu veux que je vienne, moi aussi ? demanda Augello.

— Non, je te remercie. J'y vais avec Fazio.

Et puis, à l'adresse d'Intelisano :

— On peut y arriver avec une de nos voitures ?

— Bah ! Peut-être que quelqu'un qui conduit bien...

— Alors, allons-y avec Gallo. Vous, monsieur Intelisano, je suis désolé, mais vous venez avec nous.

Miraculeusement, Gallo réussit à les mener jusque devant l'esplanade de la bicoque. Mais ça avait été précisément comme d'être dans un chariot de grand huit pendant une heure, avec l'estomac qui semblait vouloir leur sortir par les narines.

Montalbano et Fazio matèrent d'abord la maisonnette, puis ils matèrent Intelisano qui, lui, restait planté là, bouche bée.

Il n'y avait pas de porte. Rin qui barrât l'entrée. Quiconque voulait pénétrer dans la maison pouvait le faire librement.

— Vous avez rêvé ? demanda Fazio à Intelisano.

Celui-ci secoua la tête avec force.

— Il y avait une porte !

— Regarde par terre avant de parler, lança Montalbano à Fazio.

Dans la poussière, il y avait des traces très visibles de gros pneus qui se superposaient.

Puis Montalbano s'approcha de l'ouverture où avait dû se trouver la porte et l'examina avec attention.

— M. Intelisano a dit la vérité, il y avait une porte, annonça-t-il. Entre les pierres, il y a des traces de ciment à prise rapide, là où ils ont dû mettre des gonds.

Il entra, suivi d'Intelisano et de Fazio.

La moitié du toit était écroulée, toute la maison consistait en une vaste pièce et dans la partie encore protégée par le toit, était amassée une grande quantité de paille.

En la voyant, Intelisano eut un air étonné.

— C'était là, avant ? lui demanda Montalbano.

— Oh que non, arépondit Intelisano. La dernière fois que je suis entré, voilà deux ou trois mois, il n'y avait pas de paille. On l'a amenée.

Il se pencha pour prendre un long bout de fil de fer. Il l'examina, le montra au commissaire.

— Avec ça, on attache les balles de paille.

— Peut-être que ça leur servait de paillasse, suggéra Fazio.

Montalbano secoua la tête.

— Je ne crois pas qu'ils l'aient amenée là pour y dormir. Avec un sac de couchage, ils se seraient épargné de la fatigue. Et puis, si c'était pour y passer une ou deux nuits, quel besoin de mettre une porte ?

— Et alors, pourquoi ?

— Je serais de la même opinion que M. Intelisano. Ils ont utilisé cet endroit comme entrepôt provisoire.

— Ou peut-être comme prison provisoire, avança Fazio.

— Je ne suis pas d'accord, à cause de la paille, rétorqua le commissaire. Ils l'ont utilisée pour cacher quelque chose dessous. Si quelqu'un réussissait à grimper pour regarder à l'intérieur du côté du toit effondré, il ne verrait qu'une grande quantité de paille.

Il n'y avait pas de carrelage, juste un sol en terre battue.

— Aidez-moi, ordonna Montalbano à Fazio et à Intelisano. Il faut qu'on enlève un peu de paille.

Ils réussisrent à en déplacer une certaine quantité vers le côté opposé de la pièce.

— Ça suffit, dit tout à coup le commissaire en se penchant pour scruter le sol.

Trois larges et grosses traînées, l'une à côté de l'autre, étaient maintenant devenues visibles.

— Ça, ça a été laissé par trois caisses qu'on a tirées, affirma Montalbano.

— Et elles devaient être plutôt lourdes, ajouta Fazio.

— Peut-être qu'il vaut mieux déplacer toute la paille.

— D'accord. Vosseigneurie, allez fumer 'ne cigarette, je vais me faire aider par Gallo et M. Intelisano, conseilla Fazio.

— Entendu. Mais j'insiste, faites attention que le moindre petit truc que vous trouverez, un bout de papier ou de métal, peut être 'mportant pour comprendre ce qu'il y avait là.

— Gallo, viens ici ! appela Fazio.

Montalbano sortit, s'alluma sa cigarette. Ne sachant comment passer le temps, il commença à se promener et, sans le vouloir, s'aretrouva à l'arrière de la maisonnette. Le fenestron avait été effective- ment barré par une planche qui empêchait de voir à l'intérieur. Ou bien ils avaient oublié de l'enlever ou bien il leur avait semblé que ça n'avait plus gère d'importance, à présent que leur entrepôt avait été repéré.

À une trentaine de mètres de distance, étaient éparpillés huit ou neuf amandiers chétifs qui avaient dû faire partie de plusieurs rangées à présent disparues.

Tout autour, le rin, ou plutôt, un paysage assez semblable à celui dont il avait rêvé.

Non, un moment, à bien y regarder, les arbres n'étaient pas huit ou neuf, mais quatorze exactement.

Du moins, tandis que neuf étaient entiers, troncs et frondaison, des cinq autres il ne restait que le tronc.

La partie supérieure n'avait pas été détachée à la hache, morceau par morceau, c'était comme si les arbres avaient été décapités d'un seul coup, net et précis, parce que la frondaison entière de chaque arbre gisait, intacte, à terre à une dizaine de mètres de son tronc.

Comment cela avait-il pu se passer ?

Sa curiosité éveillée, il voulut comprendre et s'approcha de l'arbre décapité le plus proche.

La coupure était nette, comme faite au bistouri. Mais, même en se hissant sur la pointe des pieds, il n'arrivait pas à bien voir.

Alors, il fit une dizaine de pas pour aller mater la partie supérieure de l'arbre qui, en retombant, s'était renversée.

Non, ce n'était pas une lame puissante qui avait coupé l'arbre d'un coup, mais quelque chose de brûlant, car on voyait des marques marron foncé de bois brûlé.

Et tout d'un coup, il acomprit.

Il tourna le dos et se mit à courir vers la maison et, en tournant au coin de la maison, il manqua entrer en collision avec Fazio qui arrivait en courant pour l'appeler.

— Qu'est-ce qui fut ? demanda Fazio.

— Qu'est-ce qui fut ? demanda Montalbano.

— Nous avons trouvé… commença Fazio.

— J'ai trouvé… commença en même temps le commissaire.

Ils se turent.

— On veut conjuguer tout le verbe trouver ? demanda Montalbano.

— Parlez en premier, dit Fazio.

— J'ai atrouvé là-derrière des arbres qui ont été coupés par quelque chose qui pourrait être un bazooka ou un lance-missiles.

— Putain, fit Fazio.

— Et qu'est-ce que tu voulais me dire ?

— Que nous avons trouvé dix feuilles du *Giornali dell'Isola*, toutes tachées d'huile.

— Qu'est-ce que tu paries que c'est du lubrifiant pour armes à feu ?

— Je ne parie jamais quand je suis sûr de perdre.

— Ils avaient des armes et ils ont voulu les essayer en tirant sur les arbres, j'en mettrais ma main au feu, dit le commissaire.

— Et maintenant, qu'est-ce qu'on fait ? demanda Fazio.

— Allez, appelle tout le monde.

— Où on va ?

— Au milieu des arbres pour chercher des éclats.

Ils restèrent jusqu'à une heure, à farfouiller dans les herbes et la terre.

Quand ils en eurent trouvé un bon kilo, le commissaire dit que ça suffisait et qu'ils pouvaient rentrer.

Ils raccompagnèrent Intelisano chez lui en lui recommandant de rester à disposition et de ne parler de cette affaire avec pirsonne, avant de reprendre la direction du commissariat.

— Qu'est-ce qu'on décide ? demanda Fazio.

— Tu emportes au bureau les éclats et les feuilles de journal et tu avertis Mimì qu'on se voit à quatre heures. Moi, je prends ma voiture et je vais manger. Même, passe-moi ton portable.

Il craignait que, à deux heures et demie passées, Enzo ne soit en train de fermer. Et lui, il avait une faim de loup.

— Si j'arrive dans un quart d'heure, tu me donnes encore à manger ?

— C'est fermé !

— Montalbano, je suis !

Ce fut comme l'aboiement désespéré d'un chien qui meurt de faim.

— Excusez-moi, *dottore*, pour vosseigneurie, il n'y a pas d'horaire.

Sur le parking du commissariat, Montalbano était en train de s'approcher de sa voiture quand il s'entendit appeler par Catarella.

— *Dottori*, j'ai un coup de fil pour vous !

Heureusement qu'il avait prévenu Enzo. Il rejoignit Catarella au standard.

— *Dottori*, il y aurait qu'il y aurait sur la ligne 'ne dame qui me paraît pas plus que ça une dame, qui veut parler avec vosseigneurie pirsonnellement en pirsonne.

— Elle t'a dit comment elle s'appelle ?

— Je saurais pas vous dire, *dottori*. C'est pour ça que je vous dis qu'elle me semble pas tant que ça une dame.

— Explique-moi ça.

— *Dottori*, moi je lui demandai comment elle s'appelait et la pirsonne féminine me traita de marrant.

— *Comment ça ?*

— Oh que oui. Elle me dit : Marrant !

Ma... rian ! Il lui arracha le combiné des mains, appuya sur le bouton de communication, jeta un regard à Catarella qui s'enfuit du cagibi. Il voulut parler mais sa voix ne sortit pas de sa gorge.

— Gue ?

Ce fut tout ce qui lui vint.

— Salut, commissaire, je suis à l'aéroport, je vais partir. Je t'avais dit que je t'appellerais ce soir, mais je n'ai pas résisté, j'avais envie d'entendre ta voix.

Vite dit ! Il n'arrivait pas à marmotter la moindre syllabe.

— Souhaite-moi bon voyage.

— B... b... bon voy... voyage, articula-t-il en se sentant comme un débile de naissance.

— J'ai compris, tu as du monde et tu ne peux pas parler. Salut, j'ai envie de toi.

Montalbano posa le combiné et se prit la tête entre les mains. N'était la présence de Catarella, il se serait mis à pleurer de vergogne.

CINQ

De sur son bureau, on avait enlevé le courrier, qui avait été entassé *alla sanfasò*, sans façon, sur le petit canapé, pour faire de la place aux coupures et aux feuilles de journal qui avaient été fourrées dans deux sacs, un de jute pour les coupures et un de plastique transparent pour les feuilles.

Montalbano avait fermé à clé la porte du bureau, avait dit à Catarella de ne le déranger sous aucun prétexte avec le tiliphone et, maintenant, il tenait conseil avec Augello et Fazio.

Étant donné que ni l'un ni l'autre n'ouvrait la bouche, le commissaire les y incita.

— À vous de parler, dit-il.

Il avait fini par manger très tard, avec le 'pétit qu'il avait, il n'avait pas pu se retenir et donc, n'ayant pas réussi par manque de temps à se faire sa promenade le long du môle, il se sentait un peu défait, malgré les trois cafés qu'il avait bus. Ce n'est pas qu'il avait la tête lourde, non, c'est juste qu'il n'avait pas envie de parler.

— Moi, attaqua Augello, je suis d'avis qu'ils vont revenir se servir de la maison. Je propose donc d'y mettre 'ne surveillance, je dis pas permanente, mais que l'un des nôtres y passe souvent et de nuit aussi.

— Moi, au contraire, je suis persuadé qu'ils ne vont plus s'en servir, de cette baraque, dit Fazio.

— Et pourquoi ?

— Avant tout, passque ces entrepôts improvisés sont toujours utilisés une seule fois et puis abandonnés, et en outre passque Intelisano a demandé aux deux Tunisiens qui besognaient dans son champ s'ils étaient au courant pour la porte. En somme, les Tunisiens ont été informés qu'Intelisano a découvert l'affaire.

— Et alors ? Qui t'a dit que les deux Tunisiens sont complices ? Ton petit doigt ? demanda Augello.

— Pirsonne l'a dit. Mais ça se pourrait.

— Depuis quand t'es devenu raciste ? relança Augello sur un ton provocant.

Fazio n'entra pas dans le jeu.

— Mon cher *dottore*, vosseigneurie le sait très bien que je ne suis pas raciste. Mais moi, je m'ademande et je dis : mais c'tes contrebandiers d'armes ou c'tes terroristes, passque c'est de ça qu'il s'agit, y a pas à tortiller, comment elles font c'tes pirsonnes certainement étrangères au pays, à connaître l'existence d''ne baraque en ruine dans une campagne perdue, s'il y a pas eu quelqu'un pour la leur signaler ?

— Ça me fait mal de le dire, rétorqua Augello, mais tu as peut-être raison. En Tunisie, c'est le bordel et ils ont désespérément besoin d'armes. Donc, d'après toi, on devrait interpeller et cuisiner les deux Tunisiens ?

72

— Ça me paraît la seule chose à faire.

— Un moment, intervint Montalbano en s'adécidant enfin à ouvrir la bouche. Je suis désolé, mais je dois vous dire que je suis arrivé à la conclusion que c'te enquête, certainement une grosse enquête, une enquête importante, ne peut pas être menée par nous.

— Et pourquoi ? demandèrent en chœur Fazio et Augello, mécontents.

— Parce que nous n'en avons pas les moyens. Sûr comme la mort que sur les pages des journaux, il y a des empreintes digitales. Sûr comme l'impôt que quelqu'un est en mesure de comprendre, d'après les éclats, de quelles armes il s'agit et où elles ont été fabriquées. Et nous, nous n'avons pas ces spécialistes-là. C'est clair ? Donc, c'est pas un truc pour nous. Résignez-vous, c'est une affaire pour l'Antiterrorisme.

Le silence tomba. Puis Augello dit :

— T'as raison.

— Très bien, conclut Montalbano. Alors, vu qu'on est tous d'accord, toi, Mimì, maintenant, tu prends tout, éclats et journaux, et tu vas à Montelusa. Tu demandes audience à Môssieur le Questeur, tu lui racontes tout, puis, avec sa solennelle bénédiction, tu vas voir les gens de l'Antiterrorisme. Le rapport fait, tu leur remets les paquets, tu dis bien poliment au revoir et tu rentres.

Mimì prit une expression dubitative.

— Mais ce n'est pas mieux si c'est Fazio qui y va, lui qui était présent pendant la découverte des papiers et des éclats ?

— Non, je préfère qu'il se mette tout de suite au travail.

— À faire quoi ? demanda Fazio.

— Retourne parler avec Intelisano. Essaie d'en savoir le plus possible sur ces deux Tunisiens. Pirsonne ne nous interdit de mener une enquête parallèle. Mais faites attention : à la questure, pour le moment, on ne doit pas savoir que nous aussi on s'y est mis.

Fazio sourit, satisfait.

Vers sept heures, Catarella l'appela.

— *Dottori*, il y aurait qu'il y Pasquali qui serait le fils de votre bonne Adelina qui demande comme ça si vosseigneurie a le temps il voudrait vous parler en pirsonne pirsonnellement.

— Il est en ligne ?

— Oh que non, il s'atrouve sur les lieux.

— Alors, envoie-le-moi.

Pasquali entra en soulevant sa casquette.

— Je vous baise les mains, *duttù*.

— Bonjour, Pasquali. Assieds-toi. Tout va bien en famille ?

— Tout va bien, merci.

— Tu as du biscuit ?

— Oh que oui. Mais avant tout, j'ai absolument besoin de savoir l'endroit précis et l'heure du braquage, mais vraiment précisément. Il me semble que vosseigneurie m'a dit que c'était passage Crispi, c'est bien ça ?

— C'est bien ça. Mais attends un peu.

Il se leva, marcha jusqu'au bureau de Fazio où il prit la plainte de di Marta, nota sur un bout de papier le numéro de tiliphone. Il revint dans son bureau, mit le haut-parleur, composa le numéro.

— Écoute, toi aussi.

— Allô ? fit une voix de jeune femme.

— Le commissaire Montalbano, je suis. Je voudrais parler avec Mme Loredana di Marta.

— C'est moi.

— Bonsoir. Excusez-moi de vous déranger, madame, mais j'aurais besoin de quelques précisions sur l'agression que vous avez subie.

— Oh, mon Dieu ! Je ne voudrais pas… je me sens tellement…

Elle était vraiment mal à l'aise.

— Je sais, madame, que vous…

— Mais mon mari ne vous a pas tout dit ?

— Oui, madame, mais c'est vous, la victime et pas votre mari.

— Mais que dois-je dire en plus de ce j'ai déjà dit ?

— Madame, je comprends que reparler de cette vilaine histoire vous pèse beaucoup. Mais vous devez comprendre que je ne peux pas éviter de…

— Excusez-moi. Je me ferai violence. Je vous écoute.

— Il y a combien de jours que l'agression a eu lieu ?

— Trois.

— À quelle heure ?

— Écoutez, par un pur hasard, avant de découvrir l'homme étendu à terre et de m'arrêter, j'avais regardé ma montre. Elle marquait minuit quatre.

— Je vous remercie pour votre courtoisie et votre compréhension. Et après m'avoir dit quand, vous pouvez me dire aussi où ?

— Comment ça ? Mais il me semble l'avoir dit et répété ! Passage Crispi, parce que je devais aller déposer…

— Oui, je sais, mais à quelle hauteur ? Vous pourriez être plus précise ?

— Qu'est-ce que ça veut dire, à quelle hauteur ?

— Madame, le passage Crispi n'est pas très long, non ? Il y a, il me semble me souvenir, une boulangerie, un magasin de…

— Ah, j'ai compris. Patientez une seconde. Ah, voilà. Si je me souviens bien, mais ça doit être ça, entre le magasin de tissus et la bijouterie Burgio. À quelques mètres de la caisse automatique.

— Je vous remercie, madame. Pour l'instant, je n'ai rien d'autre à vous demander.

Il raccrocha et fixa Pasquali.

— T'as entendu ?

— Oh que oui.

— C'est ce que tu voulais savoir ?

— Oh que oui.

— Et alors ?

— Je peux vous assurer que le voleur n'est pas de la profession.

— Donc, ou étranger, ou occasionnel ?

— Plus occasionnel qu'étranger.

— J'ai compris.

Mais il était patent que Pasquali avait encore quelque chose à lui dire et qu'il ne s'adécidait pas.

— Y a quelque chose ? l'incita-t-il.

— Y aurait.

Ce qu'il avait à dire lui pesait.

— Parle. Tu sais bien que je ne mentionnerai jamais ton nom.

— Là-dessus, je n'ai jamais eu de doute.

Puis il s'adécida.

— On vous raconte des conneries.

— Qui ?

— La dame avec laquelle vous venez de parler.

— Comment tu le sais ?

— Dites-moi un truc, par curiosité, mais la police, elle parle avec les carabiniers ? Et les carabiniers, y parlent avec la police ?

— Pourquoi tu me poses c'te question ?

— Passque M. Angilo Burgio, propriétaire de la bijouterie du passage Crispi, a porté plainte auprès des carabiniers pour le cambriolage de son magasin qui s'est passé y a exactement trois jours.

Montalbano écarquilla les yeux.

— Tu peux m'en dire un peu plus ?

— Je pourrais, mais… attention.

— Pasquali, sois tranquille.

— Les gars, comme ils font toujours, ils avaient mis un guetteur caché dans une entrée, qui pouvait voir le passage sur toute sa longueur. Le guetteur est resté de garde sans arrêt de onze heures et demie jusqu'à minuit et demi. Ça correspond pas.

— C'est-à-dire ?

— Le guetteur n'a vu pirsonne couché à terre et il n'a pas vu de voiture qui s'arrêtait.

— J'ai compris.

— Pour votre information, je vous dirai aussi que pendant cette heure, passage Crispi, il ne passa qu'une ambulance, une camionnette et une Fiat 500.

— Je t'aremercie, Pasquali.

— Toujours à vos ordres, *duttù*.

Et donc la belle Mme Loredana avait raconté de grosses calembredaines à son mari.

Il fallait savoir ce qui s'était vraiment passé, comment les 16 000 euros avaient disparu.

Là, toutes les suppositions étaient possibles, à commencer par celle que le braquage avait eu lieu ailleurs, que Loredana avait areconnu le voleur et n'avait pas eu le courage de le dire à son mari, jusqu'à celle que Loredana ait été de mèche avec le voleur lui-même.

Il se leva, retourna dans le bureau de Fazio, prit la feuille jointe à la plainte que son subordonné avait remplie de notes, là voilà, Valeria Bonifacio, l'amie de cœur de Loredana, 28, via Palermo. Il y avait aussi le numéro de tiliphone.

Il s'assit à la place de Fazio et le composa.

— Allô ? arépondit une femme.

Il parla en se pinçant le nez entre pouce et index, de manière à changer complètement sa voix.

— Je suis chez les Bonifacio ?

— Oui.

— Ici le comptable Milipari, de la Fulconis Navigation. Je voudrais parler au capitaine.

— Mon mari est actuellement à Gênes, ils y ont fait escale.

— Ah, d'accord, merci. Je vais l'appeler sur son portable. Écoutez, au cas où nous devrions faire porter un paquet à Vigàta, vous êtes chez vous demain matin ?

— Oui. Jusqu'à dix heures.

78

— Merci, madame.

Il raccrocha. Il avait adécidé d'aller trouver Mme Valeria en tout début de matinée, le lendemain. Sans le mari sur le dos, il y avait plus de chances qu'elle lui dise ce qu'il voulait savoir.

Quand il arriva à Marinella, il remarqua qu'Adelina lui avait laissé un mot sur la table de la cuisine.

À hier soir vosseigneurie mangea dehors et le manger j'ai été obligée de le jeter à la poubelle que ce fut péché vu que vosseigneurie s'est atrouvée en bonne compagnie pour la nuit, alors pour ce soir j'ai rin préparé en pinsant que peut-être ce soir vous mangez aussi dehors comme ça je jette pas encore. Si vosseigneurie veut manger à la maison demain vous me le laissez écrit.

Il jura. Il ne s'agissait pas d'une vengeance d'Adelina pour le fait qu'il y avait eu 'ne femme à la maison, au contraire, la bonne, à une éventuelle rivale de Livia elle déroulerait le tapis rouge, vu qu'elle avait beaucoup d'antipathie pour Livia qui le lui rendait amplement. Non, la bonne foi d'Adelina était indiscutable, mais restait le fait qu'il n'avait rien à manger.

Ce n'était pas qu'il avait faim, pour l'instant, mais si ça se trouvait, plus tard, le 'pétit risquait de lui venir.

Aller manger dehors, c'était hors de question, pendant qu'il serait sorti, Marian risquait de lui téléphoner sans le trouver. Bien sûr, il pourrait emmener son portable mais, au milieu d'autres pirsonnes, il serait dans l'impossibilité d'articuler le moindre mot.

Il ouvrit le réfrigérateur. Il n'y avait qu'un petit bocal d'anchois à l'huile.

Mais comment était-il possible qu'il n'y ait plus rien ? Adelina avait certainement oublié de réapprovisionner les réserves habituelles, tome, fromages de diverses variétés, raisins secs, saucisson…

Il jeta un coup d'œil à sa montre. Théoriquement, il devrait avoir le temps d'arriver au bar de Marinella, d'acheter quelque chose et de rentrer avant le coup de fil de Marian.

Il ne perdit pas de temps. Il sortit, monta en voiture, partit. Il n'y avait pas de circulation. Au bar, qui avait un rayon de fromages, saucisses et saucissons, il fit des provisions et rentra.

Il était à mi-chemin quand un poids lourd qui roulait juste devant lui fit un écart, se mettant en travers de la route. Avec une rapidité digne d'un pilote de course mexicain, il fit une sortie de route, parcourut une dizaine de mètres avec deux roues dans un caniveau et deux sur le terrain de la campagne, incliné qu'on aurait dit précisément une scène de cascade, dépassa le poids lourd puis revint sur la route.

À ce point, il fut pris d'une grande frayeur pour ce qu'il venait de faire sans s'en rendre compte. Ses mains commencèrent à trembler. Alors, il se gara sur le bas-côté, s'arrêta, attendit de se calmer un peu puis enfin put recommencer à conduire.

Quand il s'approcha de la porte de chez lui pour ouvrir, il entendit le tiliphone qui sonnait. Embarrassé par les paquets, il perdit du temps à prendre la clé et à la mettre dans la serrure.

Il entra en trombe en jetant au sol ses paquets, courut et attrapa le combiné.

— Allô ?

La tonalité de la ligne libre lui répondit. C'était certainement Marian qui l'avait appelé.

Et maintenant ? Mais comment avait-il pu être assez 'mbécile pour ne pas prendre le numéro de portable de Marian ? Pire, pour être précis, de Marian, il n'avait ni numéro de téléphone ni aucune adresse.

Il devait se résigner.

Il alla prendre les paquets dans le couloir, dressa la table dans la véranda. Mais il n'avait toujours pas envie de manger. Il s'alluma 'ne cigarette.

Qu'est-ce qu'elle était en train de faire, Marian, à cette heure, à Milan ?

Le tiliphone sonna. Il s'aprécipita.

C'était elle qui lui donnait la réponse à la question qu'il se posait l'instant d'avant. Comme par télépathie.

— Bonsoir, commissaire.

— Bonsoir. C'est toi qui as appelé, à l'instant ?

— Oui. Je suis chez mes parents, je vais sortir. Je vais dîner avec le marchand dont je t'ai parlé. J'ai accéléré les choses, je veux rentrer le plus vite possible. Tu n'as pas idée à quel point tu me manques.

Elle marqua une pause. Et puis :

Si tu n'as pas le courage de me dire autre chose, dis-moi au moins à quel point je te plais.

— Tu me plais... beaucoup.

— Je peux t'appeler plus tard ? Même s'il est un peu tard ?

— Bien sûr.

— Je t'embrasse.

— C'est pareil…

Il s'arrêta.

— Eh beh ? C'est pareil pour qui ? Pour toi ou pour un autre ?

— Moi.

Il posa le combiné, se dirigea les jambes un peu raides vers la véranda, mais le tiliphone sonna de nouveau.

Il pinsa que Marian avait oublié de lui dire quelque chose.

— Bonsoir, Salvo.

Ce n'était pas Marian.

— Qui est à l'appareil ?

Et tandis qu'il posait la question, il comprit qu'il était en train de commettre une erreur plus grande qu'un gratte-ciel.

Comment avait-il pu ne pas savoir à qui appartenait la voix à l'autre bout du fil ? Peut-être parce qu'il avait encore celle de Marian dans l'oreille ?

— Maintenant que c'est toi qui ne reconnais pas ma voix, qu'est-ce que je devrais dire, moi ? demanda Livia, furieuse.

Il n'avait pas le choix, il fallait acommencer à balancer des calembredaines. Il prit sa respiration et plongea en apnée.

— Naturellement, tu n'as pas compris que je plaisantais.

— Je te connais trop bien, Salvo. Tu attendais le coup de fil d'une autre femme, j'en mettrais ma main au feu.

— Alors, si tu en es convaincue, il est inutile de continuer sur ce thème, tu ne crois pas ?

— Dis-moi comment elle s'appelle.

Mieux valait continuer sur le ton de la plaisanterie.

— Karol.

— Carol ?!

— Qu'est-ce qu'il y a de bizarre ? Karol avec un « K ». Exactement comme l'autre pape, tu t'en souviens ?

— Mais c'est une femme ?

— Bien sûr.

Il joua l'offensé.

— Mais comment peux-tu penser que moi... avec un homme ?

— Et qu'est-ce qu'elle fait ?

— Danseuse dans un bar de Montelusa.

Livia y réfléchit un instant puis dit :

— Je ne te crois pas. Tu te fous de moi.

Soudain, une immense fatigue s'abattit sur Montalbano.

Et il lui manquait le courage de dire à Livia ce qui était en train de lui arriver. Par tiliphone, en plus, ça lui serait impossible.

— Livia, écoute-moi. Je suis en train de traverser un moment très difficile et...

— Au bureau ?

Il saisit au vol cette échappatoire.

— Oui, au bureau. C'est une longue histoire que je voudrais te raconter calmement, te demander aussi des conseils, mais d'ici peu Fazio va venir me prendre. On rentrera trop tard pour que je te rappelle. Si je peux, je t'appellerai demain soir. D'accord ?

— D'accord, dit Livia, sur son quant-à-soi.

Le coup de fil l'avait épuisé. Il retourna dans la véranda, essaya de manger quelque chose, mais il n'avait pas envie.

Il débarrassa et alla s'asseoir dans un fauteuil devant la télévision. Il zappa jusqu'à ce qu'il trouve un film policier qui, avec la publicité, dura deux heures. Il regarda le journal télévisé de Retelibera.

Pourquoi pirsonne n'avait-il parlé du cambriolage de la bijouterie Burgio ? Visiblement, les carabiniers avaient réussi à garder l'affaire sous le boisseau pour mieux enquêter.

Il atrouva un western qui lui fit passer encore deux heures.

Puis il éteignit la télé parce que ses yeux se fermaient et il alla s'asseoir dans la véranda.

Et ça, c'était dangereux parce que ça signifiait acommencer à pinser à sa situation, entre Livia et Marian.

Et lui, il ne voulait pas encore le faire, il ne se sentait pas prêt.

Mais certainement, tôt ou tard, il faudrait affronter sans détour la question.

Et quelle que soit la solution, il était certain qu'elle lui procurerait un grand bonheur et une grande douleur.

SIX

Il regarda sa montre. Presque deux heures. Bon sang, ça durait combien de temps, un dîner, à Milan ? Putain ! Pire que si les serveurs du restaurant avaient dépassé les 80 ans et marchaient avec des béquilles ! Et puis, qu'est-ce qu'ils avaient à se dire, Marian et le marchand ? Ils devaient réviser toute l'histoire de l'art ? Bon, elle l'avait averti qu'elle l'appellerait tard, mais là, c'était presque le matin !

« Maintenant, je vais débrancher et je vais me coucher », pinsa-t-il.

Et à cet instant précis, le tiliphone sonna.

Sa nervosité avait tellement augmenté dans les dernières minutes qu'il sauta si haut sur son siège qu'il faillit en tomber.

— A... allô !

— Salut, commissaire, excuse-moi de t'avoir fait attendre. Mais le dîner a traîné.

Le gentilhomme Montalbano se montra dans toute sa splendeur.

— T'excuser ? Mais de quoi ?! Je comprends très bien qu'il y a des choses qui...

85

— Et puis Gianfranco a voulu qu'on aille boire un verre. Je viens juste de rentrer.

Le gentilhomme Montalbano fut englouti par l'homme des cavernes Montalbano.

— Et c'est qui, c'te Gianfranco ?

— Gianfranco Lariani, le marchand. Ah oui, je ne t'avais pas dit son nom. Il a tellement insisté – allez, quoi, qu'est-ce que ça te coûte, cinq minutes, ne fais pas l'idiote – que pour finir, j'ai dû céder, par diplomatie.

Comment ça, il la tutoyait carrément ?

— Tu le connaissais déjà ?

— Qui ? Gianfranco ? Non, mais il me semble que ça, je te l'ai déjà dit : c'est Pedicini qui m'a suggéré de prendre contact avec lui.

Et comme ça, tout de suite, au premier contact, tutoyons-nous, qu'est-ce que ça te coûte, ne sois pas idiote...

Mieux valait changer de sujet.

— Tout va bien ?

— Très bien. Du moins, je le crois.

— Pourquoi ?

— Parce que Lariani est un gros malin, genre... pas le genre à se laisser aller facilement.

Eh ben, tant mieux ! Manquerait plus que ça ! Il ne put se retenir :

— Comment est-il ?

— Comment ça ?

— Comme homme.

— Ben, très élégant, un gentilhomme, dans les 45 ans, plutôt attirant...

Et la voilà, la pointe de jalousie longtemps mais inutilement retenue.

Zac ! Une flèche dans la poitrine.

— Il t'a fait la cour ?

— J'aurais été étonnée s'il ne me l'avait pas faite. Si tu m'avais vue ! J'étais en grande forme. Lui, il en est resté littéralement bouche bée. Bon, mais c'est pas ça l'important. Je crois que Pedicini a vu juste, Lariani a de la marchandise.

— C'est lui qui te l'a dit ?

— Pas explicitement. De manière indirecte. Je t'ai dit que c'était un gros malin, non ? Évidemment, il n'allait pas se découvrir tout de suite. Mais j'ai compris qu'il avait un point faible. Les sous. En fait, il s'est un peu découvert quand je lui ai dit, mais sans avoir l'air d'y attacher de l'importance, que j'avais l'habitude de payer cash, par virement.

— Vous avez décidé quoi ?

— Que, demain après-midi, je vais le voir.

Une sonnerie d'alarme se déclencha.

— Où ça ? demanda-t-il en feignant l'indifférence.

— Chez lui !

Ah non ! La plaisanterie avait assez duré !

— Pardon, mais pourquoi chez lui ? Il n'a pas de bureau, ce monsieur ? Ou bien à Milan, c'est la coutume ?

— Ne dis pas de bêtises, allez. Il m'a semblé comprendre qu'il a un appartement, juste à côté de son logement, où il garde les toiles. Mais je suis certaine que je n'arriverai à rien.

— Pourquoi ?

— Je connais la stratégie de ces gens. Il va me montrer quelques croûtes pour me mettre à l'épreuve. Moi, je lui dirai que ça ne m'intéresse pas et il sera obligé de me donner un nouveau rendez-vous. Et cette fois, enfin, il m'introduira dans son saint des saints.

— Je ne comprends pas.

— Il se décidera à me montrer mieux. Et là, ce sera le moment de négocier. À condition, bien sûr, que, comme il me semble avoir compris, Lariani ait ce que cherche Pedicini.

— Pourquoi, qu'est-ce qu'il cherche ?

— Oh, tu sais, dans la peinture du XVIIᵉ italien, les madones, les crucifix, les nativités, les résurrections, tout ça, ça ne manque pas, il y en a des tas et des tas. Mais ces sujets ne l'intéressent pas, tout comme les portraits. Lui, il veut des natures mortes, des paysages ou bien des scènes de genre. Et sur des toiles de grandes dimensions.

— J'ai compris. Mais ça va te retenir longtemps ? Tu penses que tu vas réussir à conclure vite ?

— J'espère. Je n'en peux plus d'être loin de toi. Ça ne m'était jamais arrivé, de me sentir si…

Elle s'interrompit.

— Qu'est-ce que tu as fait aujourd'hui ?

— Au bureau ?

— Oui.

— Tu vois, je te le raconterais volontiers, mais tu t'ennuierais.

— Alors, je vais te faciliter la tâche, dis-moi ce que tu as fait pendant que tu attendais mon appel.

— J'ai regardé deux films à la télévision et…

Il avait été sur le point de lui dire qu'il avait parlé avec Livia, mais il s'était retenu à temps.

Mais Marian avait flairé le blème.

— Et ? demanda-t-elle.

Il ne se sentit pas de commencer à raconter des menteries à elle aussi. En raconter à une suffisait.

— Et puis Livia m'a appelé.

— Ah.

Pause. Et ensuite :

— Tu lui as dit pour nous ?

— Non.

— Pourquoi ?

— Je ne pense pas encore que ce soit le moment.

Cette fois, la pause fut plus longue.

— Écoute, Salvo, j'espère que tu as compris que pour moi, ça n'a pas été l'aventure d'une nuit. Et il ne s'agit pas non plus d'un caprice éphémère, je me connais trop bien.

— Ça, je l'ai compris.

— Et, d'après ce que j'ai compris l'autre nuit, je suis certaine que ça n'a pas été non plus pour toi une simple aventure.

— Si ça n'avait été que l'histoire d'une nuit, je ne crois pas que je serais en ce moment au téléphone avec toi.

— Quand je rentrerai, on en parlera. Maintenant, je te laisse. Quand je me vais me mettre au lit, je ferai comme si tu étais à côté de moi. À quelle heure je peux te rappeler demain ?

— Je ne peux pas te dire. Pourquoi est-ce qu'on ne s'appelle pas directement demain soir, comme ça on pourra se parler tranquillement et longtemps ?

— Comme tu veux. Bonne nuit, mon commissaire à moi.

Il y avait deux possibilités, claires et précises. Ou bien rester éveillé et réfléchir sur et comment affronter la question avec Livia ou bien essayer de s'endormir avec dans les oreilles le son de la voix de Marian.

Il choisit la seconde, fermant les yeux et se forçant à chercher le sommeil.

Et le plus beau, c'est qu'il aréussit.

Sa dernière pinsée fut une demande : depuis combien de temps n'avait-il pas parlé ainsi avec Livia ?

Il s'aréveilla en se sentant en forme, la journée était belle. Il se but un bol de café, prit une douche, se rasa et, avant de sortir, écrivit un mot à Adelina pour l'avertir qu'il dînerait à la maison.

Il monta en voiture à 8 h 30 et, à 9 h 20, se gara via Palermo, devant le n° 28.

Il lui avait fallu tout ce temps parce que la via Palermo se trouvait dans la partie haute de Vigàta, à l'extrême périphérie, carrément au voisinage de la campagne, et qu'elle était faite de villas éloignées les unes des autres. Chacune avait son jardinet autour. Celui du n° 28 était bien tenu. Le portail de fer était ouvert.

Il le franchit, remonta l'allée, sonna à l'interphone.

— Qui est-ce ? demanda une voix de femme après quelques instants.

— Le commissaire Montalbano, je suis.

Pause.

— Vous cherchez qui ?

90

— Mme Valeria Bonifacio.

Il y eut encore un silence. Puis la voix dit :

— Je suis seule à la maison.

Et lui, il était quoi ? Un violeur ?

— Madame, je vous répète que je suis…

— Bon, d'accord, mais je dois m'habiller.

— J'attendrai.

— Vous ne pourriez pas repasser dans l'après-midi ?

— Non, madame, je suis désolé.

— Alors, je vous ouvre dans une dizaine de minutes.

La technique de ne pas avertir de son arrivée fonctionnait toujours.

À tous les coups, en cet instant précis, Mme Valeria était pendue au téléphone en train de demander à son amie Loredana des consignes sur ce qu'elle devait répondre.

Il se fuma 'ne cigarette. Via Palermo était une rue peu fréquentée, peut-être parce qu'il n'y avait pas de magasins. Durant les dix minutes d'attente, il ne vit pas passer une seule voiture.

Il revint sonner à l'interphone.

— Commissaire Montalbano ?

— Oui.

La serrure se débloqua, le commissaire poussa et entra.

Mme Valeria vint à sa rencontre, lui tendit la main, le guida jusqu'au salon, le fit asseoir dans un fauteuil.

Allez savoir pourquoi le commissaire s'était attendu à 'ne femme d'âge mûr, alors que Valeria était très petiote ; elle devait avoir l'âge de Loredana. Blonde, gracieuse, avec de beaux attributs mis en valeur comme il se devait par un chemisier bien ajusté et un pantalon fort moulant.

— Un café vous ferait plaisir ?

— Non merci.

Elle s'assit dans un fauteuil face à lui. Croisa les jambes. Le fixa, lui sourit. Mais Montalbano s'aperçut que le sourire était quelque peu crispé.

Elle était manifestement tendue, mais se contrôlait bien.

— En quoi puis-je vous être utile, commissaire ?

— Je suis vraiment désolé de vous avoir dérangée, mais le commissariat ne vous a pas prévenue de ma visite ?

— Je n'ai pas été avertie.

— Quand je rentre au bureau, ils vont m'entendre. Je voulais vous demander quelques petits renseignements concernant l'agression subie par votre amie Loredana di Marta. Vous devez savoir que…

— Oui, je sais tout. Loredana m'a annoncé ça par téléphone. Elle était choquée. Je suis allée immédiatement la voir et elle m'a tout raconté, même les… détails les plus dégoûtants.

— Vous voulez parler du baiser ?

— Pas seulement.

Montalbano s'inquiéta.

Vous voulez voir que M. di Marta n'avait raconté que la demi-messe ? Que l'affaire était plus sérieuse ?

— Il y a eu autre chose ?

— Oui.

— Vous pouvez être plus claire ?

— Ça me dégoûte d'en parler. En somme, il lui a pris la main et l'a posée… vous me comprenez.

— Oui, il est allé plus loin ?

— Heureusement, non. Mais Loredana dit que ça a été terrible et dégoûtant.

— Elle a parfaitement raison. Et heureusement que ça s'est arrêté là. Vous vous rappelez à quelle heure votre amie est partie d'ici ce soir-là ?

— Je ne pourrais pas vous le dire avec précision.

— Grosso modo.

— Écoutez, il ne devait pas être loin de minuit, parce qu'après le départ de Loredana, l'horloge a sonné.

Elle indiqua une grosse horloge à balancier, dans un coin du salon.

— Belle pièce, dit le commissaire.

Même si elle n'était pas précise. Elle avançait nettement.

— Oui. Elle était à mon père. Il était amateur d'horloges à balancier. On en avait plein la maison. J'ai réussi à m'en débarrasser, je n'ai gardé que celle-là.

— Alors, disons qu'il était minuit moins dix ?

— Moins le quart, peut-être.

— Pas plus tard ?

— Je l'exclurais.

— Madame, connaître avec exactitude l'heure à laquelle a eu lieu l'agression est pour nous essentiel.

— Alors, je confirmerais : minuit moins le quart.

— Merci. Mme Loredana s'en va toujours si tard ?

— Non. En général, elle s'en va à l'heure du dîner.

— Ce soir-là, ça a été une exception.

— Oui.

— Je peux vous demander pourquoi ?

93

— Je ne m'étais pas sentie bien et Loredana ne voulait pas me laisser. Elle s'était beaucoup inquiétée, mais ça n'a été qu'un malaise momentané.

— Vous vivez seule ? Vous n'êtes pas mariée ?

— Si. Mais mon mari est commandant d'un porte-conteneurs et il s'absente durant de longues périodes.

— J'ai compris. Dites-moi une chose, par curiosité. Mme Loredana s'est aperçue ici, chez vous qu'elle n'avait pas fait le versement pour le compte de son mari ? Ou bien, pour ce que vous en savez, elle s'en est souvenue après être partie ?

— Elle se l'est rappelé à peine arrivée ici. Au point qu'elle voulait ressortir tout de suite. C'est moi qui lui ai dit qu'elle pourrait le déposer après. J'ai dû insister un peu.

— Ah. C'est vous qui l'avez convaincue de rester ?

— Oui. Et je me sens terriblement coupable de ce qui est arrivé. Si je l'avais laissée partir…

— Mais non, madame, qu'est-ce qui vous vient à l'esprit ! C'est une coïncidence imprévisible !

Il se leva.

— Vous m'avez été très utile. Je vous remercie.

— Je vous accompagne, dit Valeria.

Juste comme elle ouvrait la porte, Montalbano lui demanda :

— Vous connaissez Carmelo Savastano ?

Il ne s'attendait pas à l'effet de ses paroles. Valeria blêmit, faisant un pas en arrière.

— Pour… pourquoi… me demandez-vous ça ?

— Comme j'ai appris que votre amie Loredana a été longtemps fiancée avec ce Savastano…

— Mais quel rapport entre lui et l'agression ?

Elle avait haussé la voix sans s'en rendre compte.

— Absolument rien, madame. C'était juste par curiosité.

Mais maintenant, Valeria s'était reprise.

— Bien sûr que je le connais. Je suis amie depuis toujours avec Loredana. Mais Carmelo, je ne le vois plus depuis longtemps.

Il monta en voiture, jeta un coup d'œil à sa montre. 10 h 30. Il partit.

Mais au lieu de se diriger vers le commissariat, il alla vers le passage Crispi en conduisant vite. Le trafic était normal.

Quand il arriva passage Crispi et qu'il fut à la hauteur du magasin de tissus et de la bijouterie Burgio, il consulta de nouveau sa montre. 11 h 30. Il avait mis quarante minutes.

Pour faire le même parcours, à en croire les déclarations de Valeria et de Loredana, la petiote avait mis dix-neuf minutes. Sans tenir compte du fait que l'horloge de Valeria avançait. Mais là, il était presque minuit et il fallait considérer que la circulation était beaucoup plus rare.

Dès qu'il fut de retour au bureau, il voulut avoir une confirmation et appela Loredana.

— Montalbano, je suis.

— Encore ?!

— Pardonnez-moi, je n'ai qu'une seule question à vous poser.

— Bon, d'accord.

— Vous rappelez-vous avec précision à quelle heure vous avez quitté la maison de votre amie Bonifacio, le soir de…

— Il était minuit moins le quart.

Lancé sans la moindre hésitation.

Évidemment, dès qu'il était sorti, Valeria avait 'nformé Loredana de leur entrevue.

Il fit venir Fazio.

— Tu as du neuf ?

— Un peu.

— Moi aussi.

— Alors, parlez en premier, vosseigneurie.

Il lui raconta ce que lui avait dit Pasquali – de toute manière, Fazio savait ce qu'il en était avec le fils d'Adelina –, et puis il lui rapporta sa rencontre avec Valeria Bonifacio, en concluant enfin par le coup de fil qu'il venait de passer à Loredana.

— Excusez-moi, dit Fazio, mais si nous savons avec certitude que la voiture de Mme di Marta ne se trouva pas ce soir-là passage Crispi, pouquoi vosseigneurie s'intéresse tant au fait de savoir combien de temps la fille a mis pour arriver via Palermo ?

— Réfléchis un peu. Je peux écrire dans le rapport que le fait que la voiture ne s'est pas trouvée passage Crispi, je l'ai su par un voleur qui m'a parlé du guetteur d'une bande de cambrioleurs ? Je peux faire témoigner Pasquali et le guetteur ? Non.

— Vous avez raison.

— Et puis, même si je réussissais le miracle de les appeler à témoigner, personne ne croirait à ce qu'ils diraient. L'avocat de la défense les pulvériserait. Parce que ce sont des voleurs connus de la justice et donc rejetés comme menteurs par nature. Alors que tant de menteurs et de délinquants, qui eux, ne sont pas connus de la justice, peuvent dirent toutes les calembredaines qu'ils veulent, et tout le monde y croit, parce que ce sont des avocats, des hommes politiques, des économistes, des banquiers et ainsi de suite. Et alors, il faut adémontrer, en respectant les règles, que Loredana ne dit pas la vérité.

— Et comment on fait ?

— Pour commencer, tu vas me rendre un service.

— À votre disposition.

— Cette nuit, à minuit moins le quart, fais le parcours de la via Palermo au passage Crispi. Et puis demain matin, tu me diras combien de temps tu as mis.

— Il vaut mieux pas y envoyer Gallo ?

— Non. Passque celui-là, il mettrait sept minutes et demie sinon moins. Et maintenant, je t'écoute.

— *Dottore*, je suis allé parler avec Intelisano. Il m'a donné noms et adresses des deux Tunisiens qui habitent à Montelusa. Ce sont deux quinquagénaires qui besognent bien et ils sont en règle passqu'ils arrivèrent il y a quatre ans comme clandestins et ont obtenu l'asile politique.

Montalbano tendit l'oreille.

— L'asile politique.

— Oh que oui, monsieur.

— Il faudrait s'informer pour savoir comment ils ont fait pour démontrer qu'ils…

— C'est fait.

Quand Fazio faisait ça, il lui venait les nerfs.

— Si c'est fait, aie la courtoisie de me mettre au courant.

Fazio perçut sa mauvaise humeur.

— *Dottore*, excusez-moi, mais j'ai cru que…

Le commissaire s'était déjà repenti de son mouvement d'humeur.

— Excuse-moi.

— Leurs deux fils sont en taule. C'étaient des opposants au gouvernement. Et eux aussi, ils étaient visés par un mandat d'arrêt, mais ils ont réussi à s'enfuir à temps.

Montalbano grimaça.

— Ces deux Tunisiens ne me disent rien qui vaille.

SEPT

— Bonjour tout le monde, lança Mimì Augello en entrant.

— Félicitations, tu avais raison, dit le commissaire en souriant.

Mimì eut l'air interloqué.

— Des félicitations ? Et même, tu me donnes raison ? À moi ?! Qu'est-ce qui se passe ? Quoi, c'est la journée mondiale de la bonté ? Et par rapport à quoi, tu me donnes raison ?

— Par rapport aux deux Tunisiens.

— C'est-à-dire ?

— Ce sont des réfugiés politiques. Adversaires du gouvernement. En Tunisie, ils ont leurs fils en taule. Donc, il y a une probabilité pour que...

— Stop ! s'exclama Augello. Arrêtez, tous !

— Qu'est-ce qui fut ? demanda Montalbano.

— Je vous avertis que nous avons été formellement mis en garde par le questeur. Il m'a dit textuellement comme ça : « Dites à Montalbano qu'à partir de maintenant, l'enquête est du ressort de l'Antiterrorisme. Qu'il ne se hasarde pas à interférer, sinon il aura de sérieux problèmes. » Maintenant, je vous l'ai dit et, avec tout le respect dû au questeur, qu'est-ce qu'on fait avec ces Tunisiens ?

— Là, pour l'instant, je n'en ai pas la moindre idée, avoua le commissaire. Mais il est possible que j'en aie une après manger. Fazio, raconte au *dottor* Augello l'histoire de l'agression de Mme di Marta.

Et quand Fazio eut tout raconté, Mimì lança un coup d'œil interrogateur à Montalbano.

— Quelle est ton opinion ?

— Mimì, je me suis mis à la place du voleur. En faisant comme si je prenais au sérieux la version de Loredana, dont nous savons qu'elle n'est pas vraie. Donc, je suis caché dedans une entrée du passage Crispi en attendant que passe une voiture pour me jeter à terre. Maintenant, moi, en tant que voleur, je ne sais absolument pas qui se trouve dans la voiture qui arrive. Mettons que ce soit trois hommes. Et alors, tout de suite, ça devient plus difficile. Passque certainement, l'un descend voir ce qui se passe pendant que l'autre, ou les autres, reste en voiture et peut réagir comme il veut. Et si, entre-temps, arrive une autre voiture ? Non, le risque que je cours est trop élevé. À moins que je sache quelle est la voiture qui arrive et surtout qui la conduit.

— Conclusion ?

— Je te la donne. Le braquage, s'il y a eu braquage, est sûrement arrivé dans un autre endroit et en d'autres circonstances et le braqueur a eu, au minimum, un complice.

— D'accord avec toi, dit Mimì. Mais le problème, c'cst les prochains mouvements qu'on doit faire.

Nous avons la certitude que la dame nous raconte des conneries, mais comment le lui faire admettre ?

— On se fera donner par elle-même, et à son insu, quelques indications. Cet après-midi, on va la convoquer, disons à quatre heures et demie. Fazio, occupe-t'en et confirme-moi. Si elle veut venir accompagnée de son mari, pas de problème. Moi, je lui pose quelques questions et après on verra comment s'organiser. Mais toi, Mimì, tu ne dois pas te faire voir dans les parages, sous aucun prétexte, quand Mme di Marta sera là.

— Et pourquoi je ne devrais pas être là, à cette rencontre ?

— Je te l'expliquerai après son passage. C'est mieux pour toi, crois-moi. Tu as tout à y gagner.

Tandis qu'il se dirigeait vers la pointe du môle, il songea que, s'il voyait clairement comment se comporter avec Loredana di Marta, il n'avait pas la moindre idée sur la manière d'approcher les Tunisiens.

Et il fallait le faire avec prudence passque s'ils en venaient à apprendre que ces deux hommes faisaient l'objet d'une enquête, les gens de l'émigration n'y réfléchiraient pas à deux fois avant de les réexpédier en Tunisie, sans même prendre en considération qu'ils les renvoyaient peut-être vers la torture ou la mort. Combien de fois avaient-ils fait ça avec de pauvres malheureux qui étaient allés vers un sort affreux après avoir été rapatriés ? Il ne voulait pas les avoir sur la conscience.

Quand il s'assit sur la roche plate, il remarqua aussitôt que le crabe l'attendait.

— *Salutamu*, bien le bonjour, lui dit-il.

Il se baissa, prit une poignée de cailloux, écarta les plus gros et acommença le jeu. Qui consistait à jeter 'ne minuscule pierre sur le crabe. S'il ne le touchait pas, le crabe restait immobile. S'il le touchait, le crabe se déplaçait de quelques centimètres sur le côté. Jusqu'à ce qu'il arrive au bord de l'eau et disparaisse.

Et ce fut pendant qu'il le regardait se déplacer lentement que Montalbano songea qu'il fallait approcher les deux Tunisiens exactement comme le crabe : en se déplaçant sur le côté.

En un tournevire, se forma dans sa tête un plan précis qui ne procurerait aucun tort à ces deux hommes.

Pour se récompenser, il s'attarda à fumer une autre cigarette avant de rentrer au bureau.

Où, pour commencer, il appela Fazio et lui dit d'écouter le coup de fil qu'il allait passer à Intelisano.

— Montalbano, je suis. Excusez-moi, mais j'aurais extrêmement besoin de vous parler.

— Quand ?

— D'ici ce soir, si c'est possible.

Intelisano réfléchit.

— À sept heures, ce serait trop tard ?

— Non, ça va très bien.

Il mit fin à la communication.

— Qu'est-ce que vous lui voulez ?

— Je ne t'avais pas dit qu'après manger la bonne idée me viendrait ?

— Et c'est quoi ?

— D'aller demain matin avec Intelisano à la campagne Spiritu Santo où il me présentera aux deux

Tunisiens sous un faux nom et sans dire que je suis de la police, comme quelqu'un qui veut acheter le terrain. Jusque-là ça te va ?

— Oh que oui. Et après ?

— Et après, dans l'après-midi, j'y retourne mais seul, en expliquant aux deux Tunisiens qu'Intelisano ne doit rien savoir de cette visite, passque je veux connaître d'eux la vérité sur ce terrain. Combien il produit, ce qu'on y gagne… Et j'ademanderai des nouvelles aussi de la partie stérile, celle où il y a la bicoque, étant donné qu'Intelisano vend le terrain en bloc. Naturellement, je leur donnerai une bonne récompense. Et vu qu'un mot en entraîne un autre, j'espère en tirer quelques renseignements utiles.

— Ça me paraît une bonne idée, approuva Fazio.

Mimì Augello entra.

— J'ai combien de temps avant de disparaître ?

Montalbano regarda sa montre.

— Cinq minutes.

— Je voulais te dire qu'il m'est revenu quelque chose. C'te Loredana avant de se marier avec di Marta était vendeuse au supermarché de la via Libertà ?

Fazio arépondit pour Montalbano.

— Oh que oui, monsieur.

— Alors, on se connaît.

— Oh, Sainte Mère ! s'exclama Montalbano. Tu te l'es…

— Non, c'est un ami à moi qui l'a draguée, qui me la présenta. Mais mon ami a dû laisser tomber passque la fille était depuis longtemps avec un type dont elle était folle amoureuse.

— Donc, elle le sait que tu es de la police ?

— Non. Non, moi je me suis présenté comme Me Diego Croma, avocat.

Montalbano eut envie de rire. Ce nom lui évoqua un personnage de roman à l'eau de rose.

— C'était ton nom de bataille ?

— Un parmi tant d'autres.

— Dis-m'en un autre qu'on rigole.

— Carlo Alberto de Magister. Mais ça, c'est quand je jouais les aristos. Je veux savoir si le fait qu'on se connaît compromet ce que tu penses faire.

— Non. Au contraire.

Le téléphone sonna.

— *Dottori*, il y aurait qu'il y a sur les lieux un monsieur homme et une dame femme qui disent que vosseigneurie les convoqua.

— Ce sont les di Marta ?

— Je sais pas, *dottori*, mais je pense qu'ils sont de Vigàta et pas de l'île de Marta.

Montalbano se découragea.

— Laisse tomber, Catarè. Et…

— Mais si vosseigneurie le désire, je leur demande leur dentité.

— Je t'ai dit de laisser tomber. Fais une chose, compte jusqu'à dix et puis accompagne-les jusqu'ici.

— Je dois compter à voix haute, *dottori* ?

— Comme tu veux.

Il raccrocha.

— Alors, je file, dit Mimì en ouvrant la porte pour sortir.

— Laisse-la ouverte ! lui cria Montalbano.

Une minute passa et personne ne se présenta.

— Il lui faut combien de temps, à Catarella pour arriver à dix ?

Trentes secondes passèrent encore, et Montalbano agrippa le téléphone.

— Et alors, Catarè ?

— *Dottori*, un peu de patience, je suis pas arrivé à dix passqu'y a eu quelqu'un qui a tiliphoné et puis un autre, j'ai dû m'interrompre et recommencer du début et en conséquemment que vosseigneurie m'appelle j'ai oublié à combien j'étais arrivé et maintenant je dois arecommencer.

— Ne compte plus et amène-les ici.

Quelques instants plus tard, il vit au fond du couloir M. di Marta et son épouse qui s'adirigeaient vers le bureau. Il se leva, alla à leur rencontre, s'aprésenta à la dame, les conduisit à l'intérieur, les fit s'installer devant le bureau.

Fazio s'assit sur le siège devant l'ordinateur.

Loredana di Marta, qui n'avait pas encore 21 ans et qui en paraissait 18, était une authentique beauté brune. Grande, longues jambes, des yeux qui devaient être d'ordinaire lumineux mais que l'émotion, en cet instant, voilait. L'émotion qui la rendait aussi pâle et nerveuse.

Instinctivement le commissaire scruta ses lèvres turgides, leur dessin était parfait ; il n'y avait pas trace des morsures que lui avait infligées le violeur.

— Nous sommes venus sans discuter mais je ne comprends pas le motif de cette... attaqua immédiatement di Marta.

Montalbano le bloqua en levant la main.

— Monsieur di Marta, le fait que vous soyez présent à cet entretien, à votre demande, est seulement un geste de courtoisie de ma part. Donc, vous ne devez intervenir en aucune manière, c'est clair ? Le motif, vous le comprendrez en écoutant en silence les questions que je vais adresser à madame.

— Bon, d'accord, marmonna di Marta.

— J'essaierai de ne vous retenir que le minimum nécessaire, annonça Montalbano à la petiote. Donc, je passe sans perdre de temps aux questions. Dites-moi à quel moment de la soirée votre mari vous a remis l'argent à déposer.

Mari et femme échangèrent un rapide coup d'œil. Il était clair qu'ils ne s'attendaient pas à ce que le commissaire commence par cette question.

— Quand je suis sortie pour aller chez mon amie Valeria.

— L'heure ?

— Il pouvait être dans les huit heures et demie.

— Durant cette journée, vous n'aviez pas encore eu la possibilité d'aller voir votre amie ?

— J'étais déjà passée chez elle dans l'après-midi entre quatre heures et demie et sept heures.

— Et après le dîner, vous avez éprouvé le besoin d'y retourner ?

— Oui. Elle n'allait pas bien. Je suis rentrée à la maison comme je vous ai dit à sept heures, j'ai préparé le repas pour mon mari, on a dîné, je lui ai dit que je devais ressortir et c'est à ce moment-là qu'il m'a donné l'argent pour que j'aille le déposer.

— C'était la première fois ?

— Quoi donc ?

106

— Que vous alliez faire un dépôt.

— Non. C'était déjà arrivé.

— J'ai compris. Mais durant le trajet vers la maison de votre amie, vous avez oublié.

— Oui. Je pensais à autre chose. J'étais… j'étais trop inquiète pour Valeria.

— C'est naturel. Donc, en conclusion, vous n'étiez que trois à savoir que vous aviez cet argent dans votre sac.

— Deux, le corrigea Loredana. Mon mari et moi.

— Eh non ! s'exclama Montalbano. Valeria Bonifacio m'a rapporté que vous, madame di Marta, à peine arrivée chez elle, vous vous êtes rappelé que vous n'aviez pas fait le versement, que vous vouliez ressortir pour l'effectuer mais que Mme Bonifacio vous a dissuadée en vous disant que vous pourriez le faire sur le chemin du retour. C'est comme ça que ça s'est passé ?

— Ça s'est passé comme ça.

— Donc, comme vous voyez, je ne m'étais pas trompé. Vous étiez trois à le savoir. Vous excluez que quelqu'un d'autre ait pu le savoir ?

— Je l'exclurais tout à fait.

— Vous ne vous êtes pas arrêtée quelque part avant d'arriver chez votre amie ?

— Pourquoi j'aurais dû m'arrêter ?

— Ça peut arriver, madame. Peut-être que vous n'aviez plus de cigarettes et que vous vouliez en acheter, un truc de ce genre, en somme.

— Mais je ne vois pas quelle importance…

— Je vous le demande parce que, si vous vous êtes arrêtée pour acheter quelque chose, il est possible que quelqu'un ait remarqué que vous aviez beaucoup d'argent dans votre sac.

— Je ne me suis pas arrêtée.

Montalbano marqua une pause puis adécida que l'heure des amateurs de théâtre était arrivée.

Il tordit les lèvres en une grimace, sifflota, fixa longuement en silence la pointe d'un stylo puis gémit à mi-voix :

— Aïe ! Aïe !

Di Marta le fixa d'un air ahuri mais ne dit rien. Loredana, en revanche, intervint :

— Qu'est-ce que ça veut dire ?

— Que, malheureusement, ça se présente mal.

— Pour qui ? ademanda la petiote d'une voix tendue.

— Quelle question, madame ! Vous ne le comprenez pas de vous-même ?

— Non, je ne le comprends pas !

— Pour votre amie Valeria, madame ! Élémentaire !

— Qu'est-ce que vous dites ? dit Loredana, abasourdie.

— Chère madame, je fais une hypothèse. Une hypothèse, attention. Vous arrivez chez votre amie en lui disant que vous avez oublié de déposer une grosse somme et que vous voudriez aller le faire tout de suite, mais votre amie vous en dissuade. Vous ne trouvez pas ça bizarre ?

— Et pourquoi vous trouvez ça bizarre ? Étant donné que, tôt ou tard, je devrais rentrer chez moi.

— Eh non ! C'est une chose que vous alliez déposer l'argent à neuf heures du soir, c'en est une autre que vous y alliez à minuit. Et seule. Une dame jeune et, permettez-moi de le dire, belle comme vous ! Vous ne trouvez pas que c'était une suggestion pour le moins irréfléchie ?

— Mais je ne savais pas, et Valeria ne le savait pas non plus que je me serais attardée si longtemps ! Elle avait sa réponse toute prête, cette jeunotte.

— Laissez-moi continuer mon hypothèse. Votre amie l'a fait exprès d'exagérer son malaise, pour vous obliger à rester jusque tard. Donc, dès que vous sortez de chez elle, elle court téléphoner à un complice pour l'avertir que vous êtes en train d'aller passage Crispi avec une forte somme dans votre sac à main. Lui, il se précipite, et le tour est joué.

Loredana le fixait, ahurie, bouche bée. Le commissaire eut un geste comme pour chasser 'ne mouche.

— Laissons tomber pour l'instant ce qui concerne nos investigations sur Mme Bonifacio. Et je vous prie de ne pas dire un mot de mes soupçons à votre amie. Continuons, je passe à une autre question. Vous avez déclaré que passage Crispi, entre le magasin de tissus et la bijouterie Burgio, vous avez vu un homme à terre. Maintenant ma question est la suivante, et réfléchissez bien avant de me répondre : cet homme, quand vous l'avez remarqué, il était déjà à terre ou il était en train de tomber ?

— Quelle différence cela fait-il ?

— Une énorme différence.

— Je ne vois pas pourquoi.

— Je vais vous expliquer. Suivez mon raisonnement. Le braqueur ne s'est pas couché par terre pour agresser le premier véhicule qui passe. Et si c'était un camion, ou une Fiat 500 ? Qu'est-ce qu'il volerait ?

Cinq euros ? Non, il doit attendre la bonne voiture. Donc, il reste caché dans une entrée et dès qu'il voit arriver son auto, il se jette par terre. Vous me suivez ?

— Oui.

— Mais étant donné que le passage Crispi n'est pas long et est parfaitement rectiligne, vous, par la force des choses, vous avez dû voir non pas un homme déjà tombé mais un homme en train de tomber. Tout est clair ?

Elle le fixa dans les yeux. Maintenant, elle n'avait plus le regard voilé, il était vif et perçant. Ce devait être une petiote très intelligente. Elle s'arévélait 'ne adversaire tout à fait respectable.

— Je confirme ce que j'ai déclaré, dit Loredana d'une voix ferme. Peut-être que je n'ai pas perçu le mouvement de cet homme parce que je regardais ma montre ou que je faisais autre chose, mais j'ai vu l'homme déjà étendu à terre.

Chapeau. Elle n'était pas seulement intelligente, elle était rusée. Elle avait compris qu'en confirmant sa première déclaration, elle affaiblissait l'hypothèse du commissaire sur la complicité de Valeria. Montalbano subodorait que la question suivante pourrait provoquer du tintouin. Et il adécida, froidement, de la poser en traître de manière à produire plus d'effet.

— Excusez-moi, dans le procès-verbal il est écrit que le braqueur, entré dans la voiture, a retiré les clés du contact et les a jetées dans la rue.

— Oui.

— Donc, vous, quand l'agresseur est parti, vous avez dû descendre de la voiture et aller les chercher.

— Oui.

— Ça vous a pris beaucoup de temps ?

— Je crois que oui. Le passage était mal éclairé et moi, j'étais… bouleversée.

— De quel côté il est allé ?

— Qui ?

— Le braqueur.

— Il s'est mis à courir dans la direction où allait ma voiture, les phares l'ont éclairé dans le dos puis, arrivé à la fin du passage, il a tourné à droite.

— Passons à autre chose, dit Montalbano. Votre amie Valeria m'a rapporté aussi un détail qui, bizarrement, n'apparaît pas dans la déposition de votre mari.

M. di Marta qui, jusque-là, avait écouté avec intérêt, prit une expression mauvaise et 'ntervint.

— Je vous ai tout dit !

— Vous nous avez dit tout ce que vous a raconté votre femme, précisa Montalbano.

Di Marta comprit instantanément. Il lança un regard noir à Loredana. On aurait dit un taureau furieux prêt à encorner.

— Tu ne m'as pas tout raconté ? Qu'est-ce qui s'est passé d'autre ? Et pourtant tu m'avais juré m'avoir tout dit !

La petiote ne lui répondit pas, elle gardait les yeux baissés. Montalbano comprit qu'il lui fallait intervenir.

— Je vous avais dit que vous ne deviez pas…

— Moi, je parle quand j'en ai envie !

— Fazio, accompagne M. di Marta hors de ce bureau, ordonna froidement le commissaire.

— Qu'est-ce que ça veut dire ? dit l'autre en bondissant sur ses pieds.

111

— Ça veut dire que je ne considère plus votre présence comme opportune.

— C'est de l'arbitraire ! Un abus de pouvoir ! cria di Marta, pâle comme un *catafero*, un cadavre, en serrant les poings.

Mais Fazio l'avait soulevé de force par les épaules et le poussait dehors tandis qu'il continuait à crier.

— Vous voulez un peu d'eau ? demanda le commissaire.

La jeune femme fit signe que oui. Montalbano se leva, prit le verre, le remplit à la bouteille qu'il gardait sur le meuble-classeur et le lui tendit.

Elle le but cul sec.

Fazio entra.

— Je l'ai convaincu d'attendre au salon. De toute manière, on le tient à l'œil.

— Vous vous sentez de reprendre ? demanda Montalbano.

— Bon, puisque je suis là, dit-elle, résignée.

— Pourquoi est-ce que vous n'avez pas dit à votre mari que le braqueur, en plus du baiser, a exigé autre chose ?

Loredana était adevenue un brasier. La sueur lui trempait la peau au-dessus de sa lèvre supérieure. Elle s'imposait de parler calmement en faisant un effort évident, mais il était clair qu'elle était très agitée.

— Parce que… il est très jaloux. Parfois, il ne raisonne plus. Aveuglé par la jalousie, il en serait arrivé à dire que j'étais consentante. Et puis, j'ai pensé que si je le lui racontais… il aurait pu avoir un malaise. J'ai voulu lui épargner… Et je ne comprends pas, sincèrement, pourquoi Valeria s'est sentie obligée de vous dire...

— Votre amie a agi correctement. Mais, si je dois être sincère, j'ai eu l'impression qu'elle ne m'a pas tout dit.

Il frappait à l'aveuglette. Il n'avait nullement eu cette 'mpression. C'était l'agitation de Loredana qui lui faisait venir une idée.

HUIT

Loredana ne répliqua pas. Au contraire, elle ne parut pas avoir entendu les paroles du commissaire. Elle regardait fixement le sol, le dos légèrement courbé. De temps en temps, elle secouait la tête comme pour arefuser quelque pinsée ou souvenir qui lui déplaisait. Puis elle ouvrit son sac, prit un mouchoir brodé et s'essuya au-dessus des lèvres. Quand elle eut fini, elle le garda serré entre ses mains.

Le commissaire estima que c'était le bon moment pour passer à la vitesse supérieure. Il ferma les yeux, les rouvrit et asséna :

— Vous me donnez le nom et l'adresse de votre gynécologue ?

Loredana fit un bond sur son siège. Elle se tourna pour fixer, surprise, effrayée, Montalbano.

— Pourquoi ?

Elle avait crié ce « pourquoi » de toute son âme, en écarquillant les yeux, raide, nerfs tendus.

Montalbano ne put s'empêcher de se féliciter, le coup avait porté.

— Parce que je voudrais lui poser une question à laquelle il sera obligé de répondre, étant donné qu'il ne trahira pas le secret professionnel.

— Laquelle ?

La voix de Loredana était maintenant à peine audible.

— Je lui demanderai simplement à quand remonte votre dernière visite.

Loredana fondit soudain en larmes, désespérée. Elle se tourna de trois quarts, se rapprocha encore du bord du fauteuil. Joignant les mains, elle les posa sur la tranche du bureau.

— Je vous en prie… assez ! Ayez pitié de…

Fazio la fixait mais lui, il évita ses yeux.

— Madame, je suis désolé, je ne peux renoncer à continuer. Essayez de vous contrôler, faites-le pour votre mari qui, s'il vous voit si bouleversée… Je vous aiderai, d'accord ?

— Et comment ?

— Je vais raconter comment je suppose que ça s'est passé et s'il m'arrive de me tromper, corrigez-moi. Donc, l'agresseur vous a fait monter en voiture, il vous a pris l'argent dans le sac puis, en vous menaçant avec son arme, il vous a ordonné de démarrer. Ça s'est passé ainsi ?

Loredana fit oui de la tête. À présent elle tenait des deux mains le mouchoir pressé contre son visage, comme si elle ne voulait pas voir le monde autour d'elle.

— Puis, à peine arrivés dans un lieu sombre et désert, il vous a dit de vous arrêter et de vous mettre sur le siège arrière. J'ai deviné ?

— Oui.

— Et il vous a violée.

— Oui, dit presque sans voix Loredana.

Puis, poussant un gémissement, d'un coup, elle s'évanouit, glissant de son siège à terre.

En s'élançant vers elle, Montalbano et Fazio se heurtèrent l'un contre l'autre. Fazio la souleva et l'étendit sur le canapé. Montalbano lui passa sur le visage le mouchoir qu'il était allé mouiller avec l'eau de la bouteille. Il leur fallut une dizaine de minutes pour la ramener à elle.

— Vous sentez-vous de faire quelques pas ?

— Oui.

— Conduis madame dans ton bureau et reste avec elle, ordonna Montalbano à Fazio.

Juste après, il appela Catarella au tiliphone.

— Amène dans mon bureau le monsieur qui est dans la salle d'attente.

— Où est ma femme ? demanda tout de suite di Marta en entrant et en ne la voyant pas.

— Dans le bureau de Fazio, lequel, dès que madame se sera remise, recueillera sa nouvelle déposition.

— Nouvelle ?!

Ils se fixèrent. Le commissaire n'eut pas besoin d'en dire plus. Di Marta parut avoir d'un coup le souffle coupé. Il se porta la main au cœur. Montalbano craignit qu'il ait une attaque.

Il ne manquait plus qu'il s'évanouisse à son tour.

— Elle a été violée, pas vrai ?

— Malheureusement, dit Montalbano.

117

Cinq minutes après que les di Marta furent sortis, le commissaire tint conseil avec Fazio et Mimì. En premier lieu, Montalbano dit à Fazio de mettre Augello au courant de l'interrogatoire pendant que lui allait fumer 'ne cigarette sur le parking.

Il avait besoin de raisonner seul sur ce qui s'était passé. Quand il revint, il rouvrit la séance.

— Je voudrais que tu me dises, Fazio, si tu as des questions à me poser.

— Oh que oui. J'ai compris que vosseigneurie a parlé de ses prétendus soupçons sur Mme Bonifacio seulement pour provoquer une réaction de sa part quand Loredana s'empresserait de les lui rapporter. Mais, en ce qui concerne ce qui s'est passé après le baiser forcé, vous avez vraiment eu l'impression que Mme Bonifacio, quand elle vous a parlé de la caresse, ne vous avait pas tout dit ?

— Non. À ce moment-là, quand j'ai parlé avec elle, je n'ai pas eu c'te impression. C'est l'attitude que Loredana a eue ici même qui m'a fait comprendre quel jeu elle jouait.

— Pardon, quel jeu ?

— Tu n'as pas compris que Loredana voulait me prendre par ma petite main pour me conduire là où elle voulait ? Et moi, bien sagement, je lui ai tendu ma menotte et je m'y suis fait emmener ?

— Tu veux dire qu'elle n'a pas été violée ? demanda Mimì. Et alors quel motif avait-elle d'aller voir le gynéco ?

— Je ne dis pas ça, je dis qu'elle s'est fait violer. Elle avait besoin d'une violence charnelle certifiée. Et elle a eu cette certification de son gynécologue. Et je te prie de noter que ce n'est pas elle qui nous a dit avoir subi un viol, mais c'est moi qui l'ai contrainte à le faire. Très habile.

— Mais dans quel but ?

— Je vais te le dire. C'est sûr que ces deux nanas… Loredana rentre chez elle les lèvres mordues, Valeria me dit que le violeur s'est aussi fait toucher, Loredana arrive ici agitée comme quelqu'un qui dissimule un secret… Qu'est-ce qu'elles ont été fortes pour me suggérer l'idée du viol ! Elles ont besogné en duo d'une manière parfaite ! Quel chef-d'œuvre !

— Bon, d'accord, dit Augello, impatient. Mais pourquoi est-ce qu'elle avait besoin d'être violée ?

— Passque, comme ça, le soupçon d'une complicité entre elle et le braqueur devient impossible.

— Vrai, c'est, dit vivement Fazio.

— Et donc, étant donné que, comme d'habitude, la fumée et le feu vont ensemble, violeur et violée s'étaient mis d'accord et en conséquence, à travers Loredana, nous pouvons arriver au braqueur. Et c'est là que tu interviens, Mimì.

— J'ai compris. Je dois draguer Loredana.

— Tu te trompes.

— Alors, qu'est-ce que je dois faire ?

— Draguer Valeria Bonifacio. Qui, je t'assure, en vaut la peine, comme femme. Fais-toi donner les 'ndications par Fazio, et ne mets plus les pieds au commissariat avant d'avoir pris contact avec elle.

Montalbano s'aperçut que Fazio était pinsif.

— Qu'est-ce que t'as ?

— *Dottore*, je ne suis pas convaincu.

— Tu n'es pas d'accord avec la mission du *dottor* Augello ?

— Ça, ça me va. Je ne suis pas convaincu qu'ils aient mis sur pied tout ce bazar pour 16 000 euros.

— Ça te semble peu ?

— Ce n'est pas peu, mais ça me paraît peu par rapport à tout le reste. C'est juste une 'mpression.

— Tu as peut-être raison. Mais au point où nous en sommes, il ne nous reste plus qu'à avancer.

Il marqua une pause et reprit :

— En tout cas, sur l'identité du braqueur, je me suis fait mon idée et je me la suis faite justement après avoir compris qu'il s'agissait d' 'ne violence consentie.

— Si c'est ça, dit Fazio, moi aussi, je me fis une idée.

— Ah oui ? Alors, dis-moi le nom.

— Dites-le plutôt, vosseigneurie.

— Faisons comme ça. Moi je dis le prénom et toi le nom. D'accord ?

— D'accord.

— Carmelo… commença le commissaire.

— Savastano, conclut Fazio.

— Mais quels génies vous êtes ! s'exclama Mimì, indigné. C'était tellement évident que c'était lui que je n'ai pas voulu participer à votre noble concours vu que ça m'a semblé un jeu niveau maternelle.

Il se leva et sortit. Le tiliphone sonna.

— *Dottori*, il y aurait qu'il y a sur les lieux M. Intintilin…

— Tan tan ! conclut Montalbano.

— Oh que non, *dottori*, il ne s'appelle pas comme ça, il s'appelle Intintilinsano.

— Fais passer.

Intelisano n'eut rin contre l'idée de faire ce que lui ademandait Montalbano.

— D'accord, *dottori*. Si vous voulez qu'on aille parler aux deux Tunisiens au Spiritu Santo, c'est plus commode d'y aller par Montelusa, vu que la route est bonne, je fais toujours comme ça.

— Comment on s'organise ?

— Il vaut mieux y aller à deux voitures, la mienne et la vôtre. On se retrouve avant d'arriver à Montelusa, à la bifurcation pour Aragona. Ça vous va, sept heures et demie ?

— Ça me va très bien.

— Comment dois-je vous présenter ?

— Comme l'ingénieur Carlo La Porta.

Il allait se rendre à Marinella quand Catarella lui tiliphona qu'il y avait sur les lieux le *dottori* Squisito de l'Antiterrorisme qui voulait lui parler pirsonnellement en pirsonne. Le commissaire l'aconnaissait bien.

— Il s'appelle Sposìto, Catarè. Fais-le venir.

Sposìto était un questeur adjoint dans les 45 ans, toujours mal habillé et décoiffé, qui ne se déplaçait qu'en courant. Ils n'avaient jamais eu l'occasion de travailler ensemble, mais ils s'étaient rencontrés à la questure et le commissaire ne l'avait pas trouvé antipathique.

— Je ne te fais perdre que cinq minutes, dit Sposìto. Je me dépêche. Je me trouvais dans le coin et j'en ai aprofité pour...

— Mais je t'en prie. Assieds-toi.

— Pour commencer, je dois te dire que nous sommes allés examiner de manière très discrète la maisonnette de la campagne Spiritu Santo. Tu avais parfaitement raison. Il s'agit presque sûrement d'un ensemble constitué d'une caisse de lance-missiles et de deux de munitions. Mais j'ai besoin d'une précision.

— Dis-moi.

— D'après ce que m'a dit le *dottor* Augello, le propriétaire du terrain, quand il s'est aperçu qu'on avait posé une porte, est venu vous avertir non pas le jour même de la découverte, mais le lendemain.

— Non, il est venu le soir de ce jour-là mais j'étais déjà parti et Augello lui a demandé de revenir le lendemain.

— Et toi, tu t'es rendu sur les lieux le matin même de la plainte ?

— Oui. Mais pourquoi ?

— Parce que, si c'est comme ça, il est clair que la maison est tenue sous surveillance par quelqu'un qui sait qu'Intelisano n'était pas un passant quelconque, mais le propriétaire. Et donc, ils ont dû se dépêcher de courir aux abris, en vidant la maison dès qu'Intelisano s'est éloigné.

— J'ai compris. Et donc ?

— Et donc il est possible, étant donné que pour eux, c'était un imprévu, que les armes ne soient pas encore arrivées à leur destination. Peut-être qu'elles n'ont pas été emmenées très loin, qu'elles se trouvent dans les parages de la baraque et peut-être aussi dans un lieu pas trop difficile à découvrir. Merci.

Il se leva, ils se serrèrent la main.

Pourquoi Sposito n'avait-il pas dit un mot sur les deux paysans tunisiens ? Se pouvait-il qu'il en ignore encore l'existence ? Ou bien avait-il préféré ne pas en parler avec le commissaire ?

Arrivé à Marinella, la première chose qu'il fit fut d'aller voir si Adelina l'avait mis à la diète malgré le message qu'il lui avait laissé.

Il atrouva un *gattò* de pommes de terre et d'anchois au four. Sauf qu'Adelina, en l'absence de précisions, avait priparé en abondance, au cas où ils seraient deux.

Il avait à peine fini de dresser la table dans la véranda que le tiliphone sonna.

— Salut, commissaire.

— Salut, Marian. Comment ça s'est passé avec Lariani ?

C'était ce qu'il avait le plus hâte de savoir.

— Mal.

Il s'inquiéta. Vous voulez voir que ce saligaud l'avait invitée chez lui pour abuser d'elle ?

— Il t'a sauté dessus ?

— Qu'est-ce que tu racontes ? Tu crois pas que j'aurais permis... Non, ça s'est mal passé dans le sens que c'est un dur, il m'a montré quelques croûtes, et quand je lui ai dit de ne pas plaisanter, il m'a répondu qu'il pourrait peut-être me procurer ce que je cherchais mais qu'il avait besoin d'un peu de temps pour y réfléchir.

— Combien de temps ?

— Au moins deux jours.

— Il fait durer le plaisir.

— Eh oui. Et ça, malheureusement, ça veut dire que je ne pourrai pas rentrer à Vigàta aussi vite que je l'avais projeté.

— Où es-tu ?

— Chez mes parents. D'ici peu, on va aller dîner. Ah, écoute, juste après que j'étais rentrée ici, Pedicini m'a appelée de Corfou. Je lui ai dit que Lariani tergiversait. Alors, il m'a répondu un truc qui, sur le moment, m'a paru bizarre.

— À savoir ?

— Il m'a suggéré de lui dire que je serais particulièrement intéressée par quelque chose de Paolo Antonio Barbieri.

— Et qui est-ce ?

— Le frère du Guerchin. Un spécialiste de natures mortes.

— Et pourquoi ça t'a paru bizarre ?

— Parce que, à mon avis, cela serrait trop le champ des recherches de Lariani.

— En d'autres termes, ça rendait les choses plus difficiles.

— Ou peut-être plus simples ?

— Pourquoi ?

— Parce que, naturellement, j'ai tout de suite appelé Lariani, je lui ai dit que s'il devait chercher auprès de tiers, il fallait qu'il s'oriente vers Barbieri et lui, il s'est mis à rire, en me répondant qu'il s'attendait déjà à ce que je finisse par lui faire cette demande.

— Qu'est-ce que ça veut dire ?

— Je n'ai pas compris, moi non plus. Mais maintenant, assez parlé d'affaires. Je peux te faire un aveu ?

— Bien sûr.

— Je suis affamée !

— Tu n'as pas dit que vous allez bientôt dîner ?
Elle rit.

— Salvo, tu le fais exprès ? J'ai faim de toi ! Et toi ?
Bien qu'il fût seul, Montalbano rougit.

— Naturellement, ce fut tout ce qu'il aréussit à dire.
Marian rit encore.

— Mon Dieu, parfois, tu es d'une maladresse…
adorable. Allez, commissaire, arme-toi de courage et
dis-moi que tu me désires.

Montalbano ferma les yeux, inspira le plus d'air
possible et puis plongea.

— Je… te… commença-t-il.

Et il se bloqua. Bien sûr qu'il la désirait, mais il
n'arrivait pas à le dire. Les mots en lui s'élançaient
avec enthousiasme vers sa bouche, mais les lèvres
restaient immobiles, incapables de les prononcer.

— Allez, un petit effort, tu y es presque, insista
Marian. Il vaut mieux que tu recommences du début.

— Je…

Rin à faire. Cette fois, la circonstance aggravante
vint de sa gorge plus sèche que le Sahara.

— On m'appelle pour le dîner, dit Marian. À ce
rythme, il va te falloir une petite heure pour le dire.
Pour l'instant, tu t'es sauvé. Je te rappelle avant de
m'endormir pour te souhaiter bonne nuit.

Il posa le combiné, arriva à la véranda et le tiliphone sonna.

Naturellement, c'était Livia.

— Tu peux m'excuser une seconde ?

Il alla se boire un verre d'eau.

— Me voilà.

— J'ai essayé de t'appeler avant mais c'était occupé. Avec qui parlais-tu ?

— Avec Fazio.

La menterie lui était venue avec naturel et spontanéité. Au point que Livia l'avala sans hésiter.

Quand il raccrocha, il calcula que des calembredaines, il lui en avait débité au moins une dizaine.

Pouvait-il continuer comme ça ? Non, il ne pouvait pas. À chaque menterie qu'il disait, il se sentait matériellement souillé, au point qu'il avait l'absolu besoin d'aller se mettre sous la douche.

Quel bel exemple d'homme il était !

D'un côté, Marian avait eu beau essayer de le lui arracher à la tenaille, il avait été totalement 'ncapable de lui dire non seulement qu'il la désirait mais qu'il sentait qu'il l'aimait, et de l'autre côté, il lui manquait le courage de parler clairement et honnêtement à Livia pour lui dire qu'il avait l'impression qu'il ne l'aimait plus.

Après la douche, il se sentit mieux et se mit à manger. Il se bâfra de la moitié de tout puis débarrassa.

Il voulait se coucher tôt, étant donné qu'il devait se lever au plus tard à six heures pour être à sept heures et demie au croisement de la route d'Aragona.

Il prit le tiliphone et le brancha dans la chambre, à la prise à côté de la table de nuit.

Dans la bibliothèque, sans même regarder, il attrapa le premier livre à portée de main. Quand il se fut couché, il découvrit qu'il s'agissait du *De l'Amour* de Stendhal.

Il eut envie de rire. Il l'ouvrit au hasard.

Les premières fois où je connus l'amour, cette étrangeté que je reconnaissais en moi me faisait croire de ne pas aimer. Je comprends la lâcheté...

Il continua à lire quelques heures, jusqu'à ce que ses yeux se ferment. Le tiliphone sonna.

— Bonne nuit, commissaire.

— Moi aussi, dit-il, embarrassé.

Marian éclata de rire.

— Mais tu es en retard ? Ça, c'est la réponse que tu aurais dû me faire quand je t'ai demandé si tu me désirais aussi ! Alors, ce que tu viens de prononcer entre tes dents, ça vaut pour la question précédente ou ça signifie : moi aussi, je te souhaite bonne nuit.

— La seconde chose que tu as dite, arépondit Montalbano en se sentant à la fois ridicule et lâche.

Mais les mots justes ne voulaient décidément pas lui venir aux lèvres.

Au moment de sortir de chez lui, il fut pris d'un doute. Et si les deux Tunisiens l'avaient vu par hasard à la télévision et le reconnaissaient comme le commissaire Montalbano ? Le risque était faible, mais pas inexistant. Comment pourrait-il se changer complètement la tête en cinq minutes et sans rien avoir chez lui qui puisse lui servir ?

Il s'arrangea avec des lunettes de soleil qui lui mangeaient la moitié du visage, un vilain chapeau d'épouvantail qui lui tombait sur les yeux, un énorme foulard rouge qu'il se mit autour du cou en faisant, en sorte qu'il lui remonte jusqu'au nez, et se recommanda à Dieu.

127

Il atrouva Intelisano, ponctuel, au croisement. Ce dernier le fixa avec un certain étonnement mais ne posa pas de question.

À un certain moment, au milieu d'une route qui était une draille mais suffisamment carrossable, la voiture d'Intelisano s'arrêta et Montalbano, qui le suivait, fit de même.

— Maintenant, on doit aller à pied. Fermez votre voiture.

À main gauche, il y avait une route à charrettes. Ils la prirent.

— À partir de là, c'est mon terrain.

Ils marchèrent une vingtaine de minutes au milieu des champs labourés de frais. Montalbano avait l'odeur qui lui montait aux narines, la terre sent bon comme la mer.

Puis ils passèrent devant une étable en maçonnerie, avec des bêtes à l'intérieur, que jouxtait un hangar métallique, plutôt vaste. La partie supérieure était une espèce de fenil.

Pendant un instant, tandis que Montalbano le fixait, une lame de lumière très forte partit du grenier à foin et lui toucha les yeux. Malgré les lunettes, il les ferma instinctivement et quand il les rouvrit, la lumière n'était plus là. Il dut se retirer les lunettes pour s'essuyer les yeux remplis de larmes. Peut-être s'agissait-il d'un bout de verre qui avait renvoyé un rayon de soleil.

NEUF

— Ce hangar est très commode, expliqua Intelisano. Passqu'en haut, c'est une grange à foin, et en bas, il sert d'entrepôt, de garage, de dépôt de graines... Les paysans viennent aussi s'y abriter pour manger s'il y a trop de soleil ou qu'il fait mauvais...

— Ils ont les clés ?

— Naturellement.

— Et ils y dorment aussi la nuit ?

— Oh que non, il me semble que je vous l'ai dit. À Montelusa, ils dorment.

Après une autre dizaine de minutes de marche, ils arrivèrent à l'endroit où les deux Tunisiens besognaient.

Montalbano eut la confirmation que, du côté où ils étaient, l'autre moitié de la parcelle, la stérile, celle où se trouvait la maison en ruine, n'était pas visible, dissimulée par une collinette.

Mais les Tunisiens avaient bien dû être obligés, pour raisons de travail, de monter sur celle-ci et donc, ils connaissaient certainement l'existence de la baraque abandonnée.

129

Ils finissaient de besogner. Celui qui se trouvait sur le tracteur en descendit. Ils soulevèrent leurs casquettes. Intelisano les aprésenta.

— Voilà Alkaf et lui c'est Mohamed.

— Enchanté, dit Montalbano en leur tendant la main que les deux hommes serrèrent.

— Il viennent de Tunisie, continua Intelisano, ils besognent ici depuis deux ans. Ce monsieur est l'ingénieur Carlo La Porta qui aurait l'intention d'acheter c'te terrain.

— Tu vas vendre ? demanda Mohamed avec une expression désolée.

— C'est très difficile de s'occuper de trois grandes parcelles à la fois, dit Intelisano.

Alkaf sourit à Montalbano.

— Tu fais une bonne affaire.

— Encore plus bonne si tu nous gardes, ajouta Mohamed.

C'était des quinquagénaires, mais ils portaient bien leur âge. Minces, des yeux très intelligents, attentifs. Et bien qu'habillés comme des miséreux, ils avaient un air distingué.

— En Tunisie, vous avez travaillé pour d'autres ou vous aviez votre terre ? demanda Montalbano.

— Oui, notre terre, arépondirent-ils en chœur.

— Mais pas beaucoup, spécifia Alkaf.

— Vous vous serviez de tracteurs ?

— Non, répliqua Mohamed. Nous n'avions pas d'argent pour le tracteur. La bêche et la charrue à la main. J'ai appris à conduire le tracteur ici.

— On continue ? demanda Intelisano.

130

Montalbano fit signe que oui et dit au revoir aux deux hommes en leur tendant de nouveau la main.

Dès qu'ils furent hors de vue, Intelisano demanda au commissaire quand il comptait revenir leur parler seul à seul.

— À cinq heures au plus tard, je serai là. Mais c'est presque sûr que ce sera avant.

— Rappelez-vous que, quand le soir tombe, ils arrêtent de besogner et ils rentrent à Montelusa.

— D'accord.

— Quelle impression ils vous ont faite ?

— Ils m'ont paru dégourdis et intelligents.

— Ils le sont. Et gros travailleurs.

— Vous auriez tendance à exclure…

— Mon cher *dottori*, dans des conditions normales, ce seraient deux gentilshommes, mais dans la situation où ils s'atrouvent…

Le commissaire pinsait de même. Ils arrivèrent à l'endroit où ils avaient laissé les voitures.

— Moi, je vais à Montelusa, j'ai quelques affaires à régler, dit Intelisano. Je reviendrai vers une heure et peut-être avant, mais à trois heures maximum, je vous laisserai le champ libre.

Tandis qu'il roulait en direction de Vigàta, le commissaire se dit qu'une chose était sûre, c'était que les mains d'Alkaf et celles de Mohamed n'étaient pas celles de paysans habitués à bêcher la terre du matin au soir.

Quand il les leur avait serrées la première fois, il les avait senties relativement lisses, dépourvues de cals.

Il avait voulu une confirmation la deuxième fois. Et il l'avait eue.

— Bonjour, *dottori* ! lança Catarella à la seconde où il le vit entrer.

Montalbano s'immobilisa.

Comment ça ? Il avait des lunettes, un galurin et un foulard qu'on aurait dit un épouvantail ambulant et Catarella, sans broncher, l'areconnaissait immédiatement ?

— Comment t'as fait à comprendre que c'était moi ?

— Je devais pas l'acomprendre ?

— Non. Camouflé, je suis.

Catarella prit un air désolé.

— Je regrette, j'acompris pas que vosseigneurie était camouflée. J'ademande compréhensivité et pardonnement. Mais si vosseigneurie sort, revient et que moi je fais semblant de pas...

— Laisse tomber. Dis-moi plutôt à quoi tu m'as areconnu.

— D'abord à la moustache et à la petite verrue, *dottori*. Et ensuite à la démarche.

— Pourquoi, comment je marche ?

— À votre manière, *dottori*.

Bref, mieux valait ne pas se travestir.

— Envoie-moi Fazio.

Dès qu'il fut dans le bureau, il se dépêcha de retirer galurin, lunettes et foulard et les glissa dans le meuble-classeur. Il ne voulait pas que ça recommence avec Fazio.

— Bonjour, *dottore*. Comment ça s'est passé avec mes paysans tunisiens ? demanda Fazio en entrant.

— Tunisiens, ils le sont peut-être. Mais paysans, sûrement pas.

— Pourquoi ?

Il lui raconta le détail des mains. Fazio resta pinsif.

— Mais Intelisano dit qu'ils savent besogner la terre, remarqua-t-il.

— Peut-être que chez eux, c'étaient des petits propriétaires et donc ils savent comment on fait. De toute manière, cet après-midi, j'y retourne. Il va falloir que je fasse attention à ma manière de parler, ce sont des gens qui comprennent même ce que tu as dans la tête. Et toi, qu'est-ce que tu me racontes ?

— *Dottori*, au pays on dit qu'à hier soir, Loredana di Marta a été admise dans une clinique de Montelusa.

— Qu'est-ce qu'elle a eu ?

— Il y a des bruits qui courent, mais rin de sûr, qu'elle a eu quelques contusions à la tête et quelques côtes cassées.

— On a su comment ça s'est passé ?

— Savoir sûrement, on sait pas. Y en a quelques-uns qui disent que ce fut à cause de la rouste que lui a flanquée le mari pour l'histoire du braquage, d'autres disent qu'en fait, elle est tombée dans l'escalier.

— D'après moi, M. di Marta a dû arriver à la conclusion que Loredana aconnaissait son braqueur et il a voulu connaître son nom en levant la main et même les pieds sur elle.

— D'après moi aussi.

— Le problème, c'est de comprendre si Loredana le lui a donné, ce nom, ou pas. Tu ne crois pas que le moment est venu de porter notre regard sur Carmelo Savastano ?

133

— C'est déjà fait.

Montalbano s'énerva, comme toujours quand Fazio prononçait ces mots. Avant tout, quand est-ce qu'il trouvait le temps de faire ce qu'après il disait avoir fait ? Sous le bureau, il s'écrasa un pied avec l'autre et se calma.

— Je t'écoute.

— Savastano continue à mener son habituelle vie de débauché. On ne sait pas où il prend l'argent pour bien vivre comme il le fait. À hier soir, il a cherché la bagarre au marché au poisson, il a cogné un type et les carabiniers ont dû intervenir et ils lui ont fait passer la nuit en cellule. À c't'heure, ils doivent l'avoir relâché ou ça ne va pas tarder.

— Mieux vaut le garder à l'œil.

— Oh que oui. Je voulais vous dire que j'ai fait 'ne chose que vous m'avez ordonné de faire. Mais après vosseigneurie, vous ne m'avez plus rin demandé et moi j'ai oublié de…

— De quoi s'agissait-il ?

— De savoir en combien de temps Loredana pouvait aller de la via Palermo au passage Crispi.

— Vrai, c'est. Tu as fait le test ?

— Oh que oui, deux fois. On ne peut pas mettre moins d'une demi-heure, trente-cinq minutes.

Il alla manger chez Enzo en prenant son temps, il en avait à revendre. Quand il sortit, il était presque trois heures.

Il adécida que ce n'était pas la peine de se faire la promenade le long du môle, de toute manière, il pourrait adigérer en marchant dans la campagne.

Mais il lui fallait d'abord passer au commissariat pour prendre lunettes, chapeau et foulard.

Il y alla et Catarella se jeta sur lui.

— Ah, *dottori* ! Heureusement que vous êtes là !

— Pourquoi ?

— Passque vous devez urgentement d'urgence extrême tiliphoner à M. Tintinlinsano qui appela déjà deux fois ! Il insiste que vosseigneurie n'aille pas là où vous devez aller si avant vous ne l'appelez pas lui, lequel lui serait toujours M. Tintinlinsano.

Mais qu'est-ce qui s'était passé ? Il s'aprécipita au bureau.

— Monsieur Intelisano, qu'est-ce qui fut ?

— Cher *dottori*, 'ne chose incroyable !

— Quoi donc ?

— 'ne chose de l'autre monde !

— Racontez-moi !

— 'ne chose...

Montalbano s'impatienta, il éleva la voix :

— Vous allez me la dire, oui ou non ?

— Comme je vous l'avais dit, moi, j'allai à Montelusa et pour midi et demi, je rentrai au Spiritu Santo. Je me suis aperçu tout de suite que le tracteur était au milieu du terrain, le moteur allumé, mais que les deux Tunisiens, on les voyait nulle part.

— Et où est-ce qu'ils étaient ?

Intelisano ne l'entendit même pas.

— Alors, je suis allé au hangar. Qui était fermé, mais les clés avaient été jetées devant les portes. J'ai ouvert. Les Tunisiens ne pouvaient être allés loin étant donné que dedans, il y avait encore leurs sacs à dos et toutes les affaires qu'ils gardaient là.

— Et qu'est-ce que vous avez fait ?

— J'ai attendu une demi-heure. Ces clés laissées hors du hangar me faisaient pinser qu'ils pouvaient revenir d'un moment à l'autre. Puis, vu qu'ils ne réapparaissaient pas, j'ai pris ma voiture et je suis allé à Montelusa. Je sais où ils habitent, ils ont une chambre au Rabàto. Ils n'y étaient pas. Et les autres Tunisiens qui habitent à côté m'ont dit qu'ils étaient rentrés vers onze heures, ils avaient ramassé en vitesse leurs affaires et étaient partis en courant.

— Où êtes-vous maintenant ?

— Au Spiritu Santo.

— Attendez-moi, s'il vous plaît. J'arrive.

Une demi-heure plus tard, il était avec Intelisano. Qui se trouvait assis devant le hangar ouvert, l'air malheureux.

— Je n'arrive pas à m'expliquer ça.

— Je vous l'explique, moi. Les deux Tunisiens m'ont areconnu et comme ils n'avaient pas le nez propre, ils ont pris la fuite.

— Alors, vous dites qu'ils trempaient dans l'histoire des armes ?

— Jusqu'au cou. Leur fuite en est la preuve.

— Mais comment ça se fait qu'ils vous ont areconnu ?

— Ils ont dû me voir à la télévision.

Intelisano grimaça.

— Excusez-moi, mais c'est quand, la dernière fois que vous êtes passé à la télévision ?

Montalbano fit un rapide calcul.

— Il y a une dizaine de mois.

— Et vous croyez que quelqu'un qui ne vous connaît pas et qui vous a vu quelques minutes il y a dix mois s'arappelle encore comment vosseigneurie est faite ? Même si on vous avait mis une lumière sur la tête...

La lumière ! L'éclair de lumière ! Ça n'avait pas été un reflet sur un bout de tôle mais probablement...

— Comment on monte dans le fenil ?

— Derrière le hangar, il y a une échelle de fer extérieure, mais j'y monte pas parce que je souffre de vertige.

Le commissaire se précipita vers l'arrière du bâtiment, suivi d'Intelisano. L'échelle était presque verticale, dangereuse, mais il n'y fit pas attention, il grimpa à la vitesse d'un pompier, tandis qu'Intelisano restait en bas à le regarder faire.

Le fenil était pratiquement vide, à l'exception d'une dizaine de balles de foin entassées au fond devant la grande ouverture qui donnait au-dessus de l'entrée du hangar.

Mais Montalbano remarqua que les balles avaient été déplacées de manière que deux d'entre elles forment une espèce de tunnel. On pouvait s'y glisser et de là observer ce qui se passait aux alentours du hangar.

Il s'y enfonça. De là-haut, la vue portait jusque là où il avait laissé sa voiture et au-delà. Non seulement, mais comme la butte qui séparait les deux parties du terrain avait aux trois quarts de sa pente une ouverture, on pouvait aussi apercevoir la maisonnette en ruine qui avait servi d'entrepôt provisoire. Un point d'observation parfait.

Donc, quand, dans la matinée, il était passé avec Intelisano, quelqu'un le surveillait d'ici. Probablement avec des jumelles, celles-là mêmes qui avaient provoqué la lame de lumière qui avait touché ses yeux.

Et c'était ce quelqu'un qui l'avait areconnu, pas les deux Tunisiens. Et cela expliquait la fuite précipitée.

Il sortit du tunnel et regarda alentour. Du côté le plus proche de l'échelle, avait été apportée une certaine quantité de foin, assez pour y dormir.

À côté, il y avait 'ne bouteille d'eau minérale vide. Et un journal replié. Sans le toucher, en utilisant un bout de bois, il aréussit à lire la date. Il était du jour même. Visiblement, les deux Tunisiens l'avaient acheté de bon matin et l'avaient apporté à l'homme caché dans le fenil.

Puis il remarqua un sac en plastique, l'ouvrit avec le bout de bois, vit à l'intérieur la coquille d'un œuf dur, un bout de pain encore frais et une petite bouteille d'eau minérale. Avec le journal, ils lui avaient apporté le petit déjeuner.

Rien d'autre à voir. Il descendit.

— Vous avez trouvé quelque chose ?

— Oui. Vos deux paysans cachaient quelqu'un dans le fenil. De toute façon, ils savaient qu'à cause du vertige, vous ne seriez jamais monté là-haut. Ça doit être lui qui m'a reconnu.

— Et maintenant, qu'est-ce qu'on fait ?

— Maintenant, vous fermez ici et vous venez avec moi à Montelusa.

— Pour quoi faire ?

— Pour parler avec les gens de l'Antiterrorisme.

Laissant Intelisano dans l'antichambre, il entra seul dans le bureau de Sposìto.

— Cher Montalbano, à quoi dois-je le plaisir ?

— Je viens avouer que j'ai fait une connerie.

— Toi ? s'étonna Sposìto.

Quand il eut fini de raconter, Sposìto lui demanda :

— Mais le questeur le savait que tu menais cette enquête parallèle ?

— Non.

— Compris. Pour ce qui me concerne, je ne lui dirai rien.

— Merci.

— Mais tu sais, il n'est pas dit que ce soit le fait qu'ils t'aient reconnu qui a provoqué la fuite des deux Tunisiens et du troisième homme.

— Ah non ?

— Non. À quelle heure Intelisano et toi êtes-vous partis du Spiritu Santo ?

— Il pouvait être dans les neuf heures et demie, dix heures moins le quart.

— Ça correspond.

— À quoi ?

— Comme je te l'ai dit, nous sommes en train de battre la campagne parce que nous sommes convaincus que les armes n'ont pas été emmenées bien loin. Ce matin, à neuf heures, l'équipe dirigée par Peritore, mon adjoint, est retournée inspecter la baraque où les armes avaient été entreposées et puis l'équipe est allée vers la petite colline, a regardé dans une grotte sans rien découvrir, s'est déplacée vers un tracteur qui se trouvait plus loin, mais ils n'ont rien trouvé. Peritore m'a dit qu'il y avait un hangar métallique et une étable. Comme les clés du hangar étaient dehors par terre, ils ont ouvert, ont regardé et n'ont rien repéré d'intéressant. Dans l'étable non plus, il n'y avait rien. Puis ils sont allés sur la parcelle voisine.

— Et ils n'ont pas regardé dans le fenil ?

— Non. Comme tu vois, nous aussi nous avons fait une belle connerie.

— Donc, tu penses que les trois hommes se sont enfuis non pas parce qu'on m'a reconnu, mais parce que le type qui était dans le fenil s'est aperçu que tes hommes étaient en train de se diriger vers le hangar ?

— C'est plausible.

— Certainement. Mais il y a une chose qui n'est pas plausible.

— Ah oui ? Et laquelle ?

— Qu'il ne lui soit même pas passé par l'anti-chambre de la coucourde, à Peritore, d'aller inspecter le fenil.

Sposìto écarta les bras.

— Qu'est-ce que tu veux que je te dise ? C'est ce qui s'est passé.

Non, il y avait quelque chose qui ne collait pas.

— Je peux te poser une question ?

— Tu peux poser la question, je ne sais pas si je peux te donner la réponse.

— Quel filet on t'a demandé d'utiliser pour la pêche ? Un filet à mailles étroites ou à mailles larges ?

— *No comment*. En tout cas, maintenant, j'appelle Peritore et je lui dis de retourner au hangar et de monter dans le fenil. Il y aura sûrement des empreintes digitales sur la bouteille et sur le journal. T'es content ? À propos, tu n'as rien touché, pas vrai ?

140

— Non, je ne crois pas avoir fait de dégâts.

Il se leva.

— J'ai amené avec moi M. Intelisano, le proprié-taire du terrain. Si tu veux l'interroger sur les deux Tunisiens…

— Certainement, merci.

De retour à son bureau, il tint une réunion avec Fazio et Augello auxquels il raconta toute l'histoire. Et souligna aussi l'attitude pour le moins chèvre et chou qu'avait eue Sposìto.

— Je crois comprendre pourquoi, dit Augello.

— Explique-moi.

— Il est le chef de l'Antiterrorisme, non ? Donc, il doit s'inquiéter de découvrir à temps s'il y a un réseau terroriste et si ce réseau prépare un attentat contre nous. D'accord ?

— D'accord.

— Mais s'il ne s'agissait pas de terroristes ? S'il s'agissait de pirsonnes qui n'ont aucune 'ntention de nous faire du mal à nous et que ces armes soient destinées à mener un combat sur leur terre contre leur gouvernement ?

— Terroristes ou patriotes, la contrebande d'armes est toujours un délit, 'ntervint Fazio.

— D'accord. Mais selon qu'il s'agit de terroristes ou de patriotes étrangers, tu admettras que la chose est très différente pour Sposìto. Donc il marche sur des œufs.

— Tu as peut-être raison, dit Montalbano. Et si ça se présente bien comme ça, je suis persuadé que Sposìto espère pouvoir soulever bientôt un conflit de compétence. Si ce ne sont pas des terroristes, l'affaire est du ressort des Services. En tout cas, il a pris la peine de m'ôter de la tête que je suis responsable de la fuite des trois hommes, et de me convaincre que c'est la faute de son équipe.

— Et pourquoi est-ce qu'il l'aurait fait ?

— Pour que je laisse tomber c't'enquête qui n'était pas autorisée, j'ai dû l'admettre.

— Mais là encore, je ne… commença Augello.

— Réfléchis, Mimì. L'attitude de Sposìto envers moi signifie trois choses. La première est que lui s'est convaincu que j'ai vraiment été reconnu par l'homme qui se trouvait dans le fenil. La seconde, conséquence directe de la première, c'est que c'est quelqu'un qui m'aconnaît non pas comme ça, mais vraiment bien, s'il a compris que c'était moi d'après la moustache, la verrue et la démarche. Et la troisième est que l'homme du fenil n'est peut-être pas un étranger, mais un Vigatais ou quelque chose de ce genre. Bref, il a essayé de m'empêcher de faire ce raisonnement qui risquait de piquer ma curiosité. En tout cas, curiosité ou pas, maintenant que les Tunisiens ont disparu, nous n'avons plus aucune carte en main. Donc, parlons d'autre chose. Mimì, qu'est-ce que tu me racontes ? Tu as pris contact avec Mme Bonifacio ?

Augello sourit.

DIX

— Bien sûr, que j'ai pris contact. Tu parles, si j'ai pris contact !

— Ne me dis pas que… commença Montalbano, abasourdi.

— Non, je ne suis pas entré dans le vif du sujet. Même don Juan n'y serait pas arrivé. Mais je dois te raconter toute l'histoire parce qu'elle est curieuse. Ce matin, il pouvait être dans les neuf heures, je suis allé me garer sous la villa des Bonifacio, en m'armant d'une sainte patience. Elle est sortie comme une furie à dix heures, elle est montée en voiture et elle s'est dirigée vers Montelusa. Naturellement, je l'ai suivie. Arrivée devant la clinique Santa Teresa, elle a braqué, elle a pris l'allée et s'est retrouvée sur le parking. Moi j'ai fait de même pendant qu'elle entrait dans la clinique. Quand je suis allé à la réception, elle n'était plus là. Alors, je me suis présenté et on m'a dit que Mme Bonifacio avait ademandé le numéro de la chambre de Mme Loredana di Marta. Moi, je ne savais pas qu'elle avait été hospitalisée. Mais je n'ai pas posé de questions, je ne voulais pas perdre de

143

temps, j'ai pris l'ascenseur et je suis monté au troisième, comme il m'avait été indiqué. Dès que je suis arrivé dans le couloir, j'ai entendu une voix excitée. C'était un quinquagénaire, certainement di Marta qui disait : « Toi, tu es ma femme, et tu dois l'oublier ! Je t'interdis de la voir ! Toi, tu es la cause de tout ! », et la Bonifacio lui disait : « Lève-toi de là, cornard ! » À ce moment, di Marta l'a attrapée aux épaules et l'a jetée contre le mur. Par chance, deux infirmières sont intervenues. Di Marta est entré dans la chambre de sa femme, Valeria s'est dirigée vers l'ascenseur. Je me suis arrangé pour y arriver avant elle. On s'est donc retrouvés ensemble dans la cabine. Et comme elle pleurait, je lui ai demandé si elle avait quelqu'un de très gravement malade. En somme, pour la faire courte, je l'ai emmenée au bar de la clinique. Mais elle n'a pas voulu y entrer, elle voulait s'éloigner. Alors je l'ai convaincue de venir s'asseoir dans un bar voisin qui avait des tables dehors. On est restés ensemble deux heures.

— Ah, bravo, Mimì. Juste par curiosité, comment tu t'es présenté ?

— Comme Me Diego Croma, avocat. J'ai pinsé que c'était mieux que j'utilise le nom sous lequel Loredana m'avait connu.

— Elle s'est confiée à toi ?

— Non, elle m'a dit qu'elle pleurait de colère et pas de douleur parce que le mari de son amie de cœur l'avait empêchée de la voir et comme je lui en ai ademandé la raison, elle m'a répondu que le mari était jaloux de leur amitié. Et que c'était lui qui avait envoyé sa femme à l'hôpital en la frappant.

— Elle t'a dit pourquoi ?

— Toujours par jalousie. Mais d'un autre homme.

— Et pour obtenir ce grand résultat, tu as eu besoin de deux heures ?

— Non, le vrai résultat est que demain à quatre heures de l'après-midi, je vais chez elle parce qu'elle veut me parler en tant qu'avocat. Et alors, je me suis mis à lui expliquer un procès que j'ai inventé sur le moment.

— Quel procès ?

— Un procès pénal compliqué dans lequel je me révèle un avocat sans scrupules.

— Pourquoi tu as fait ça ?

— Passque j'ai eu l'impression que Mme Bonifacio ne cherchait pas un avocat honnête.

Il venait juste d'arriver à Marinella, il avait ouvert la porte-fenêtre de la véranda quand Marian l'appela.

— Bonjour, mon commissaire. Comment ça va ?

— Bien, et toi ?

— Aujourd'hui, ça a été une journée d'un ennui mortel.

— Pourquoi ?

— Toujours à attendre un coup de fil de Lariani.

— Il a fini par t'appeler ?

— Oui, il a enfin daigné à sept heures ce soir. Il m'a dit qu'il a trouvé ce que je cherchais.

— Ça ne me paraît pas une mauvaise nouvelle.

— Attends, tu vas voir. Mais il a ajouté que la toile ne se trouve pas à Milan et qu'il ne pourra pas me la faire voir avant trois jours. Il m'a fait une proposition.

145

— Laquelle ?

— Passer le temps d'attente avec lui, dans un chalet qu'il a en Suisse. Il m'a convaincue.

Montalbano se sentit glacé.

— Tu as accepté ?

— Mais non, idiot. Il m'a convaincue que c'est une bonne idée de tromper le temps de cette manière.

— Je ne comprends pas.

— Je t'explique. Demain, je prends un avion, je viens à Vigàta, je reste deux jours avec toi et puis je rentre à Milan. Qu'est-ce que tu en dis ?

En entendant c'tes paroles, il se sentit un cœur d'âne et un cœur de lion. D'un côté, il aurait voulu faire des sauts de joie, de l'autre, il se sentait très mal à l'aise.

— Ben, tu ne réponds pas ?

— Écoute, Livia, j'en serais très heureux, bien entendu. Mais le fait est que, ces jours-ci, je suis très pris. Nous pourrions nous voir seulement le soir et en plus il n'est pas dit que…

Il eut l'impression que la ligne avait été coupée.

— Allô ? Allô ? se mit-il à crier.

Quand la ligne était coupée, il se sentait comme sous le coup d'une amputation soudaine.

— Je suis toujours là et je m'appelle toujours de la même manière, dit Marian d'une voix qui paraissait venue de la banquise polaire.

Il ne comprit rin de ce qu'elle était en train de lui dire.

— Qu'est-ce que ça veut dire que tu t'appelles toujours de la même manière ?

— Vu que tu m'as appelée Livia !

146

— Moi ?!

— Oui, toi !

Il se sentit anéanti.

— Excuse-moi, aréussit-il seulement à dire.

— Et tu crois tout résoudre en t'excusant ?

Il ne sut quoi répondre.

— Très bien, je ne descends pas, sois tranquille, dit Marian.

— Je ne te disais pas de ne pas venir, j'étais en train de t'expliquer que...

— Très bien, très bien, la discussion est close. Je vais rentrer tard, je dois dîner chez une amie, je t'appellerai demain. Bonne nuit, commissaire.

Bonne nuit, commissaire, bien sec, sans adjonction de « mon ».

Il avait perdu le 'pétit. Il alla s'asseoir dans la véranda en compagnie du whisky et des cigarettes.

Mais à peine assis, il dut se relever passque le téléphone sonnait. Ce devait être Livia.

Montalbà, rappelle-toi bien c'te nom, Livia. Attention à ne pas faire ta deuxième connerie. Une suffit amplement.

— Allô ?

— Excuse-moi pour tout à l'heure, commissaire. J'ai été stupide.

— Je...

— Non, ne parle parce que, quand tu parles, tu t'enfonces. Je voulais te redire bonne nuit. Bonne nuit, mon commissaire. À demain.

Il raccrocha, fit un pas et le tiliphone sonna.

— Allô ?

147

— Comment se fait-il que, chaque soir je tombe sur le téléphone occupé ?

— Et toi, pourquoi tu téléphones quand le téléphone est occupé ?

— Mais bon sang, comment tu raisonnes ?

— Excuse-moi, je suis fatigué. J'ai deux enquêtes en cours qui…

— J'ai compris. Par un concours de circonstances qu'il serait long de t'expliquer, je me trouve à avoir trois jours de libres. Qu'est-ce que t'en dirais si je descendais ?

Il fut déconcerté, il ne s'y attendait pas. Mais comment se faisait-il qu'elles avaient toutes tant de temps de libre ?

— Ça pourrait être une bonne occasion de nous parler calmement, poursuivit Livia.

— De quoi ?

— De nous deux.

— De nous deux ? Tu as quelque chose à dire à ce propos ?

— Non, moi, non, mais je sens, instinctivement, que tu as quelque chose à me dire.

— Écoute, Livia, je dois t'avertir que, dans la journée, je suis occupé, je n'ai pas une minute à moi. Nous ne pourrions parler que le soir. Mais moi, je ne serais sûrement pas dans des conditions idéales pour…

— Pour me dire que tu ne m'aimes plus ?

— Mais non, qu'est-ce que tu racontes, je serais fatigué, nerveux…

— J'ai compris. Ne gaspille pas davantage ta salive.

— Qu'est-ce que tu veux dire ?

148

— Que je ne viens pas, vu que tu ne veux pas de moi.

— Nom de Dieu, Livia, je ne t'ai pas dit que je ne voulais pas de toi, je t'ai honnêtement avertie que je ne pourrais pas...

— ... ou que tu ne voudrais pas...

Ainsi commença l'engueulade. Elle dura un quart d'heure et, à la fin, Montalbano avait ses vêtements trempés de sueur.

Mais, peut-être par réaction, il lui était venu une faim de loup.

Dans le réfrigérateur, il atrouva un plat de riz et fruits de mer. Au four, des petits calamars coupés en anneaux et des crevettes, le tout frit et qu'il suffisait de réchauffer.

Il alluma le four, dressa la table dans la véranda.

Il mangea en tenant à bonne distance aussi bien la pinsée de Livia que celle de Marian. Que sinon, le 'pétit lui passait d'un coup.

En revanche, il se concentra sur la tentative faite par Sposìto de lui ôter de la tête que les Tunisiens se soient échappés passque l'homme du fenil l'avait reconnu.

Il devait avoir une raison.

Peut-être Sposìto avait-il réussi, en quelque manière, à se faire 'ne opinion sur c't'homme ? Il avait des soupçons sur qui cela pouvait être ?

Et il avait peur que Montalbano, apprenant son opinion, réagisse mal ? Il y réfléchit longuement mais ne sut se donner de réponse.

Puis il ne parvint plus à écarter la pinsée de sa situation.

Une chose était certaine : Livia lui avait offert une bonne possibilité de se parler en tête à tête et lui, il s'était dérobé. Si Marian apprenait qu'il s'était are-fusé d'éclaircir la situation avec Livia, elle lui dirait certainement qu'il était lâche.

Mais pourquoi éprouvait-il c't'incertitude ?

Durant les dernières années, ne lui était-il pas arrivé d'avoir d'autres histoires avec des femmes sans se sentir aussi 'ncapable de prendre 'ne décision ? Mais, à bien y pinser, ça non plus, ce n'était pas exact. Des histoires précédentes, il n'avait pas parlé à Livia, et *amen*.

Pourquoi alors sentait-il qu'il ne pouvait pas faire pareil dans le cas de Marian ?

Mais peut-être que, avant de parler avec Livia, il valait mieux qu'il parle sérieusement, pirsonnellement en pirsonne, avec lui-même ?

Il voulut prendre la bouteille de whisky pour s'en verser un peu.

Du coude, il heurta le cendrier qu'il réussit à rat-traper au vol avant qu'il ne se brise au sol, vu qu'il était en verre. C'était un cendrier que lui avait acheté Livia et que…

À ce moment, il acomprit qu'il ne pourrait jamais délibérer librement avec lui-même dans cette maison où la présence de tant d'années de vie commune se faisait sentir dans chaque recoin.

Dans la salle de bains, il y avait les robes de chambre de Livia, dans la table de nuit ses pantoufles, deux tiroirs de la commode étaient remplis de son linge et de ses chemisiers, la moitié de l'*armùar* était occupée par ses vêtements…

Les verres dans lesquels il était en train de boire, c'était elle qui les avait achetés, et aussi les assiettes et les couverts…

Et le nouveau canapé, les rideaux, les draps, le portemanteau, le tapis de sol devant la porte…

Non, dans cette maison remplie de Livia, il n'arriverait pas à 'ne libre décision.

Il devait absolument se prendre vingt-quatre heures de congé et s'en aller loin de Marinella.

Mais il ne pouvait pas faire ça tout de suite. Il ne pouvait pas laisser en plan les enquêtes en cours.

Il alla se coucher.

Avant de s'endormir, il lui revint à l'esprit un pirsonnage qu'il avait étudié à l'école. C'était un consul romain, ou quelque chose de ce genre, qui s'appelait Quintus Fabius Maximus et qui avait été surnommé *cunctator*, le temporisateur.

Il le battait aux points.

Il était sept heures du matin quand le tiliphone l'aréveilla.

— *Dottori*, je demande compréhensivité et pardonnement étant donné l'heure matinale du matin, mais Fazio me dit comme ça de l'appeler malgré la petitesse de l'heure et de se préparer.

— Me préparer à quoi ?

— Se préparer, ça veut dire se laver et s'habiller.

— Pourquoi ?

— Passque Gallo passe vous prendre par le fait qu'on a tiliphoné qu'il y avait une voiture brûlée avec un cadavre mort dedans.

En une demi-heure, il était prêt. Il buvait la dernière tasse de café quand on sonna à la porte.

— Pourquoi on t'a envoyé, à toi ? Il suffisait de me donner l'adresse et je venais avec ma voiture.

— *Dottore*, vous ne pourriez pas y arriver. C'est un endroit perdu, oublié de Dieu.

— Où ça ?

— À la campagne Casuzza.

Il ressentit un certain malaise. Se pouvait-il que le rêve adevienne vrai ?

Quand ils arrivèrent, il vit que le paysage était exactement comme il l'avait rêvé, sauf qu'à la place du cercueil, il y avait une voiture brûlée.

Le paysan était différent, ou plutôt, ce n'était pas un paysan, mais un trentenaire bien vêtu, à l'air éveillé. À côté de lui, il y avait une moto. À la place de Catarella, Fazio.

L'air puait un mélange de brûlé, de métal, de plastique et de chair humaine.

— Ne vous approchez pas trop, que c'est encore brûlant, l'avertit Fazio.

On apercevait le *catafero*, le cadavre, à la place du passager : c'était une chose noire qu'on aurait dit un bout de bois.

— Tu as averti le cirque équestre ? demanda le commissaire.

— Déjà fait.

Cette fois, il ne s'énerva pas. Il s'adressa au garçon.

— C'est vous qui avez téléphoné ?

— Oh que oui.

— Comment vous appelez-vous ?

— Salvatore Ingrassia.

— Comment se fait-il que…

— J'habite dans cette maison, là.

Il la montra. C'était la seule dans les parages.

— Et comme je besogne à la pêcherie, pour descendre au pays, je dois forcément passer par là.

— À quelle heure êtes-vous rentré chez vous hier soir ?

— Il pouvait être neuf heures au maximum.

— Vous vivez seul ?

— Oh que non, avec une fille.

— Et la voiture n'était pas là.

— Elle n'était pas là.

— Durant la nuit, vous avez entendu quelque chose d'insolite, je ne sais pas, des cris, une détonation…

— La maison est loin.

— Je le vois. Mais ici, de nuit, il doit y avoir un silence de tombe et le moindre bruit…

— Bien sûr, *dottore*, vosseigneurie a raison. Jusqu'à onze heures, je peux vous assurer que je n'ai rien entendu.

— Et après onze heures, vous êtes allé dormir ?

Le garçon rougit.

— Si on veut.

— Comment s'appelle votre copine ?

— Stella Urso.

— Depuis combien de temps êtes-vous ensemble ?

— Trois mois.

Le couple, affairé à d'autres affaires, n'aurait rien entendu, même pas le bombardement de Montecassino.

— Quand est-ce que tu pinses qu'il va arriver, le cirque équestre ? demanda-t-il à Fazio.

— La Scientifique et le Dr Pasquano d'ici une heure, une heure et demie, ils seront là. Mais je doute que le proc' Tommaseo arrive à venir jusqu'ici.

C'était connu que, au volant d'une voiture, un phoque ou un kangourou auraient été bien meilleurs conducteurs que le *dottor* Tommaseo. Lequel, durant ses déplacements, ne manquait jamais de se prendre un arbre ou un poteau.

Comment pouvait-il passer le temps ? Le jeune Ingrassia dut comprendre ce qui lui passait par la tête.

— Si vous voulez venir chez moi prendre un café…

— D'accord, merci, dit le commissaire. Laissez ici votre moto, on y va avec la voiture de service.

Tandis qu'ils roulaient, Montalbano demanda au gars :

— Vous avez dit à votre copine ce que vous avez découvert ?

— Oui, je l'ai appelée sur le portable juste après vous. Elle voulait venir à pied mais je lui ai dit de s'abstenir.

— Reviens nous prendre dès que quelqu'un se pointe, indiqua Montalbano à Gallo dès qu'ils furent arrivés.

L'intérieur de la maisonnette était très propre et dans un ordre parfait. Stella était une gamine bellote et sympathique.

Quand elle revint avec le café, Montalbano lui posa la même question qu'au garçon.

— Cette nuit, par hasard, vous n'auriez pas entendu des cris, des détonations…

Il s'attendait à une réponse négative, mais Stella prit un air pinsif.

— J'ai bien entendu un truc.

— Et comment ça se fait que moi, non ? demanda le garçon.

— Passque tu t'es endormi tout de suite après…

Elle se tut, rougissante.

— Continuez, c'est important, la pressa Montalbano.

— Je me suis levée pour aller à la salle de bains. C'est à ce moment que j'ai entendu le claquement.

— Quel genre de claquement ?

— Comme une porte que le vent fait claquer, au loin.

— Un coup sec ?

— Oh que oui.

— Ça pouvait être un coup de pistolet ?

— J'y connais rien en coups de pistolet.

— Vous pourriez me dire, même approximativement, quelle heure il était ?

— Je peux vous le dire précisément passque, avant d'aller dans la salle de bains, je suis passée par la cuisine pour boire un peu d'eau et j'ai regardé la pendule. Il était une heure cinq.

Ils bavardèrent ensuite sur les difficultés que Stella rencontrait pour trouver une besogne quelconque et du fait que, jusqu'à ce qu'elle la trouve, ils ne pourraient se permettre de se marier ni de faire des enfants.

Puis Gallo vint les chercher. La Scientifique et le Dr Pasquano étaient arrivés, de Tommaseo, en revanche, on n'avait pas de nouvelles.

Par chance, le chef de la Scientifique, pour lequel il n'avait pas de sympathie, avait envoyé à sa place son adjoint Mannarino. Ils se dirent bonjour. Montalbano observa les types de la Scientifique qui, habillés comme pour débarquer sur la Lune, besognaient tout autour de la carcasse.

— Trop tôt pour trouver quelque chose, n'est-ce pas ?

— Et pourtant, on a déjà trouvé un truc, rétorqua Mannarino.

— Vous pouvez me le dire ?

— Certainement. Une douille. Elle était tombée sur le sol à l'arrière du véhicule. Excusez-moi.

Et il retourna auprès de ses hommes.

Fazio avait tout entendu. Ils échangèrent un regard sans rin dire. Montalbano s'approcha de la voiture dans laquelle se trouvait le Dr Pasquano qui fumait, furieux. Quand il faisait comme ça, le mieux était de rester loin de lui. Mais le commissaire ne s'en inquiéta pas.

— Bonjour, docteur.

— Bonjour mon cul.

Ça commençait bien.

— Qu'est-ce qui fut, à hier, vous avez perdu au poker ?

Pasquano était un joueur acharné, mais trop souvent la chance n'était pas de son côté.

— Non, à hier, ça a bien marché, mais ça me les brise menu d'attendre que le *dottor* Tommaseo daigne se présenter.

— Mais Tommasseo serait ponctuel s'il ne se trompait pas de route et s'il ne s'emplafonnait pas. Il faut le plaindre.

— Et pourquoi ? Moi, je peux avoir de la compassion pour vous qui êtes au bord de la démence sénile, pas pour un type encore jeunot.

— Et pourquoi est-ce que je serais au bord de la démence sénile ?

156

— Passque vous en avez les symptômes. Vous n'avez pas remarqué comment vous venez d'appeler Tommaseo ?

— Non.

— Tommasseo. Se tromper dans les noms, c'est justement un des premiers symptômes.

Montalbano s'inquiéta. Vous voulez voir que Pasquano a raison ? N'avait-il pas appelé Marian « Livia » ?

— Mais ne vous inquiétez pas. Le processus de dégénérescence est long. Vous avez encore le temps de faire une grosse quantité de conneries.

ONZE

Attendu que, une autre demi-heure ayant passé, de Tommaseo on ne voyait pas l'ombre, attendu que les cigarettes étaient finies, attendu qu'il ne savait pas quoi faire, Montalbano pinsa opportun de se faire raccompagner au commissariat par Gallo.

De toute façon, il perdait son temps à rester là. Sa présence était totalement inutile.

Mais il n'atrouva pas le courage de dire au revoir à Pasquano qui, sorti de sa voiture, se promenait, quatre pas rapides en avant, quatre pas rapides en arrière, comme un ours en cage.

Au bureau, n'ayant rin à faire, il se mit à signer un papier après l'autre. Ça n'en finissait pas.

Fazio rentra qu'il était presque une heure.

— T'as quelque chose à me dire ?

— *Dottore*, comme vosseigneurie a pu voir, avant de mettre le feu, ils avaient retiré les plaques. Mais Mannarino aréussit à lire le numéro du châssis. J'attends une réponse d'un moment à l'autre pour savoir à quelle voiture il appartenait et qui en était

159

le dernier propriétaire. Mais il s'agit peut-être d'une voiture volée pour l'occasion.

— Ils ont trouvé d'autres douilles ?

— Non, rien que celle-là. Mais Mannarino dit qu'il y avait les traces de deux automobiles.

— Naturellement. Sinon, comment faisaient-ils pour rentrer ? À pied ? Visiblement, dans cette seconde voiture, il y avait aussi un bidon d'essence pour mettre le feu à l'autre. Et, une fois vidé, ils l'ont emporté pour ne pas laisser d'empreintes digitales. Et Pasquano, il n'a rin dit ?

— Il a dit que l'identification sera difficile étant donné l'état du *catafero*. En tout cas, au premier coup d'œil, il lui a semblé que l'homme avait été tué d'une seule balle dans la nuque et qu'il avait les poignets et les chevilles attachés par du fil de fer.

— En somme, une technique mafieuse ?

— On dirait.

— Toi, ça te convainc ?

— Bof.

Le portable de Fazio sonna.

— Excusez-moi, dit-il en portant l'appareil à son oreille.

Il dit « Allô » et écouta en silence.

— Ils m'ont donné le nom du propriétaire de la voiture, annonça-t-il ensuite.

— Qui est-ce ?

— Carmelo Savastano.

Montalbano ne mit pas longtemps à digérer la nouvelle. Elle ne compliquait pas les choses, peut-être même les facilitait-elle.

— Mais Savastano, quel rapport il a avec la Mafia ?

160

— Bof, arépéta Fazio.

— Mais il n'est pas dit que ce soit son *catafero*.

— Oh que non, ce n'est pas dit.

— Il a des parents, Savastano ?

— Oh que oui, le père, qui s'appelle Giovanni. Mais ils se sont engueulés, ça fait deux ans qu'ils ne se parlent plus.

— Tu devrais aller tout de suite chez lui. Savoir si son fils s'est cassé une jambe, en somme s'il y a quelque chose qui puisse aider à l'identification.

— J'y vais à l'instant.

Mais il ne bougea pas et eut une expression dubitative.

— Qu'est-ce qu'il y a ?

— Il y a que si c'est bien Savastano, je dois vous dire 'ne chose que j'ai apprise.

— Dis-la-moi.

— Vous vous rappelez le jeune de ce matin, celui qui a découvert la voiture brûlée ?

— Oui, Salvatore Ingrassia.

— Ben, c'est avec lui que Savastano s'est bagarré à la pêcherie, à la suite de quoi les carabiniers l'ont emmené à la caserne.

— Et toi, t'as l'impression qu'Ingrassia est du genre à faire un truc pareil ?

— Oh que non. Mais je devais vous le dire.

Après avoir mangé, il se fit l'habituelle balade tout le long du môle. Le crabe était absent et il n'avait pas envoyé de remplaçant.

Il acommença à raisonner.

Si le *catafero* était celui de Savastano, il mettait sa main au feu qu'Ingrassia n'était pour rin dans ce meurtre. Il n'aurait pas été stupide au point de le tuer et de faire retrouver le cadavre à quelques centaines de mètres de chez lui.

Celui qui l'avait tué ou bien ne savait rien de leur dispute, et donc, il s'agissait d'un hasard, ou il savait tout et avait commis l'homicide près de chez Ingrassia pour égarer l'enquête.

Savastano n'était pas un mafieux, mais un petit délinquant. Alors pourquoi avait-on utilisé le rituel de la Mafia ?

Là, il y avait aussi deux réponses possibles : soit il avait marché sur les pieds d'un mafieux quelconque, soit le rituel servait à diriger les investigations du mauvais côté.

Mettons que Savastano ait été retrouvé mort dans une rue quelconque, une balle dans la tête ou dans la poitrine, sans aucun cinéma mafieux, qui aurait-on suspecté 'mmédiatement ?

Di Marta, naturellement.

Le seul qui pouvait avoir un motif authentique, s'il avait compris comment s'était passée vraiment l'histoire du braquage et du viol.

Au bureau, il atrouva Fazio qui l'attendait.

— Le père de Savastano n'a rien pu me dire. Ils ne se parlaient plus depuis longtemps. C'est un malheureux, un brave type qui a eu la malchance d'avoir un fils délinquant. Mais j'ai peut-être trouvé une piste.

Comme s'il avait pu ne pas trouver de piste, cette espèce de chien de chasse de l'Etna !

— Laquelle ?

— En examinant nos dossiers, j'ai découvert qu'une petiote qui vivait avec lui, qui s'appelait Luigina Castro, a porté plainte contre lui pour mauvais traitements.

— Mais il n'était pas avec Loredana ?

— Oh que oui, mais quand ils se sont quittés, Loredana et lui, passqu'elle s'est fiancée avec di Marta, lui...

— J'ai compris. Continue.

— Deux mois à peine après qu'ils se sont mis ensemble, Luigina a porté plainte contre lui, mais ensuite, elle l'a retirée.

— Tu as son adresse ?

— J'ai tout.

— Va la voir tout de suite.

Fazio se leva, sortit et juste après entra Augello. Montalbano le fixa, un peu surpris.

— Mais tu ne devais pas être vers quatre heures chez Mme Bonifacio ?

— Elle m'a appelé pour décaler notre rendez-vous à ce soir. Elle m'invite à dîner. L'affaire se présente bien.

— Tu es au courant pour la voiture brûlée ?

— Oui.

— Il paraît que la voiture appartenait à Carmelo Savastano, l'ex-fiancé de Loredana.

— Et le *catafero*, c'est lui ?

— On le sait pas encore.

Il marqua une pause puis demanda à Mimì :

— S'il devait apparaître qu'il s'agit vraiment de Savastano, qui soupçonnerais-tu en premier ?

163

— Di Marta. Peut-être que Loredana, à force de raclées, a fini par lâcher son nom.

— Je voudrais savoir, étant donné qu'on n'en a pas parlé calmement avant, comment l'histoire du braquage s'est passée, d'après toi.

— D'après moi, Savastano, après le mariage, a continué à être l'amant de Loredana. Visiblement, ce soir-là, quand il a su, peut-être de la bouche même de Loredana, que son mari lui avait donné 16 000 euros à déposer, il s'est mis d'accord avec elle passqu'il avait besoin de cet argent. Ils se sont rencontrés, Loredana lui a donné l'argent et ils ont fait l'amour de manière violente, pour le faire passer pour un viol.

— Et quel rôle aurait eu Mme Bonifacio ?

— Celui de couvrir Loredana. Laquelle, d'après moi, alla ce soir-là chez son amie, mais en repartit aussitôt pour rejoindre Savastano. Maintenant elle a peur que toi, si tu découvres la vérité, tu aies la preuve de sa complicité. Je suis persuadé que c'est pour ça qu'elle a besoin d'un avocat malhonnête comme moi.

De manière générale, il pinsait comme Mimì. Mais sur certains détails, certes pas secondaires, il avait une 'pinion complètement différente.

Vers six heures, Fazio revint.

— J'ai du biscuit. La petiote, qui s'est séparée de Savastano après avoir porté plainte, m'a dit qu'il lui manquait deux orteils au pied gauche, qu'on avait dû lui couper il y a quelque temps passqu'il avait reçu

164

sur ce pied une caisse métallique qui les lui avait complètement écrasés.

— Parfait. Bravo, Fazio !

Sans perdre une minute, Montalbano appela le Dr Pasquano, en mettant le haut-parleur.

— Docteur, excusez-moi pour le dérangement mais…

— Le dérangement que vous me procurez est tel qu'il ne saurait y avoir d'excuse qui le compense.

— Qu'est-ce que vous parlez bien le 'talien, quand vous vous y mettez !

— Merci. C'est vous qui me produisez c't'effet. Le 'talien me vient 'nstinctivement pour mettre une distance entre nous deux. Naturellement, vous voulez savoir quelque chose sur le *catafero* brûlé ?

— Si tel est votre bon plaisir.

— Vous n'êtes pas capable de singer mon 'talien. Et, à bien y pinser, tout le reste non plus. Je confirme ce que j'ai dit à Fazio. Un seul coup à la nuque, chevilles et poignets attachés avec du fil de fer. Une exécution de type mafieux dans les règles.

— Rien qui puisse conduire à une identification ?

— Oui. Deux doigts…

— … du pied gauche amputés, conclut Montalbano.

Un instant, Pasquano en eut le sifflet coupé puis il s'engatsa :

— Mais si vous le saviez déjà, pourquoi, putain de bordel de merde vous êtes venu me casser les roubignoles ?

Montalbano raccrocha et composa un autre numéro.

— *Dottor* Tommaseo ? Il faut que je vous parle d'urgence. Je peux venir dans une demi-heure ? Oui ? Merci.

— Qu'est-ce que vous voulez de Tommaseo ? demanda Fazio.

— L'autorisation de mettre sur écoute les tiliphones de Mme Bonifacio et de di Marta. On a tous les numéros ?

— Oh que oui. Même les portables.

— Donne-les-moi, avec les adresses, et va annoncer tout de suite la mauvaise nouvelle au pauvre père de Savastano.

Il pinsait avoir à batailler ferme avec le procureur pour obtenir les écoutes, mais Tommaseo, dès qu'il entendit qu'il s'agissait de deux femmes jeunes et belles et à l'idée de les avoir tôt ou tard devant lui, craqua.

Ses yeux lancèrent des étincelles, il se lécha les lèvres. Il voulut tout savoir, jusque dans les moindres détails, du faux viol de Loredana.

Le commissaire, pour l'avoir de son côté, s'inventa des précisions dignes d'un film porno.

On ne connaissait pas de relations féminines à Tommaseo, peut-être se soulageait-il ainsi, dans les interrogatoires.

Avec l'autorisation du procureur en poche, Montalbano s'en fut à la questure. Il descendit dans le souterrain où l'on mettait en œuvre les écoutes, il lui fallut un quart d'heure pour passer tous les contrôles avant d'entrer et plus d'une heure pour être sûr que

166

tout le dispositif se mettrait en mouvement le plus vite possible.

Au moment où il ressortait de la questure, il lui vint en tête un moyen pour vérifier que Savastano n'avait rin à voir avec la Mafia.

Il prit cinq minutes pour se promener en examinant sous divers axes ce qu'il avait en tête.

À la fin, il se convainquit que c'était la bonne manœuvre à faire et surtout que c'était la seule à sa disposition.

Il monta dans sa voiture et s'adirigea vers le siège de Retelibera, la télévision locale dirigée par son grand ami, Nicolò Zitto. Il était presque neuf heures.

— *Dottor* Montalbano, quel plaisir de vous voir ! s'exclama la secrétaire. Vous voulez voir Nicolò ?

— Oui.

— Là, il est en train de finir le direct du journal. Attendez-le dans son bureau.

Zito s'aprésenta moins de cinq minutes plus tard. Ils s'embrassèrent, Montalbano demanda des nouvelles de sa famille, puis il annonça :

— J'ai besoin de toi.

— À ta disposition.

— Vous avez déjà annoncé la découverte du *catafero* dans une voiture brûlée ?

— Bien sûr. Ce matin, j'y suis allé personnellement pour le reportage, mais toi tu n'y étais pas, tu étais déjà parti. J'ai dû faire des généralités parce que personne ne m'a rin dit.

— Ça te dit, une interview exclusive ?

— Évidemment, qu'est-ce que tu crois ?!

167

— Alors, faisons-la tout de suite. Tu peux la diffuser dans le prochain journal ?

— Bien sûr.

— Mais avant, il faut qu'on se mette d'accord sur quelques questions.

— *Dottor* Montalbano, *merci d'avoir accepté de répondre à nos questions. Que pouvez-vous nous dire à propos de ce crime atroce qui a provoqué tant d'émotion ?*

— *Pour commencer, je suis en mesure de vous donner le nom de la victime. C'était un jeune de Vigàta, Carmelo Savastano.*

— *Il avait des antécédents ?*

— *Oui, mais des petites escroqueries, appropriations indues, résistance à officier public...*

— *Comment a-t-il été tué ?*

— *Il a été enlevé on ne sait où, très probablement pendant qu'il rentrait chez lui, puis il a été emmené sur le lieu d'exécution dans sa propre voiture, conduite par un des assassins. Savastano avait les poignets et les chevilles attachés avec du fil de fer et il était assis à l'avant à la place du passager. On lui a tiré un seul coup dans la nuque, puis on a mis le feu au véhicule.*

— *À première vue, tout cela donnerait à penser à une exécution typiquement mafieuse.*

— *Je dirais que oui. Je suis décidé à orienter les enquêtes dans ce sens.*

— *Mais Savastano apparaissait-il pour vous comme un gars de lu Muſìu ?*

— Ne le prenez pas mal, mais je me permettrai
de ne pas répondre à cette question.

— Il aurait pu avoir été tué pour avoir commis
une erreur ou désobéi à un ordre ?

— Je ne crois pas.

— Vous pouvez vous expliquer davantage ?

— Je souhaite que ce ne soit pas le premier
d'une série d'assassinats qui rouvriraient une
guerre entre clans, comme celle qui a ensanglanté
notre terre il y a quelques décennies. C'est pourquoi
je vais m'efforcer, par tous les moyens, de l'étouf-
fer à la naissance. Et si cela s'avère nécessaire,
je demanderai une augmentation extraordinaire du
personnel.

Il avait lancé l'hameçon avec l'appât. Il était certain
qu'un poisson allait mordre.

Quand il arriva à Marinella, il était dix heures et
demie. Trop tard, Marian ne le rappellerait sûrement
pas.

Il avait un tel 'pétit qu'il ne prit pas le temps de
dresser la table.

Il mangea debout dans la cuisine les pâtes aux
haricots qu'il atrouva au frigo, tandis qu'il faisait
réchauffer au four les rougets à l'aigre-doux.

Quand ils furent chauds, il les sortit, les emporta
et s'installa dans le fauteuil devant le téléviseur, juste
à temps pour voir son interview.

Qui serait encore diffusée au journal de minuit,
comme le lui avait promis Zito.

Il finit de manger, se leva et gagna la véranda.

Mais moins d'une demi-heure plus tard, il revint devant la télé. À onze heures et demie, il y avait le journal de Televigàta, la concurrente de Retelibera, il voulait voir s'ils faisaient des commentaires sur son interview.

Mais le journaliste qui présentait les infos ne fit aucun commentaire.

Il allait saluer les téléspectateurs quand une main apparut tenant un feuillet.

Le journaliste le lut :

Il nous arrive à l'instant l'information selon laquelle dans les campagnes de Raccadali, il y aurait eu une fusillade entre la police et trois immigrés qui auraient réussi à échapper à leur encerclement. La police n'a ni démenti ni confirmé. À l'évidence, il s'agit de trois immigrés liés aux milieux de la pègre locale. Il semble qu'un des trois hommes ait été blessé. C'est tout pour l'instant. Si nous devons avoir d'autres détails, nous vous les donnerons dans le journal de minuit et demi.

Dieu sait pourquoi, il songea à Alkaf, Mohammet et le troisième homme, celui qui s'était caché dans le fenil.

Est-ce que ça pouvait être eux qui avaient affronté la police ? Et pourquoi, si c'était eux, en seraient-ils venus là ?

À minuit, il regarda Retelibera qui repassa son interview et, quant à la nouvelle de la fusillade, Zito précisa seulement qu'un des trois immigrés était armé

170

d'une mitraillette et que c'était lui qui avait tiré le premier sur la police.

Ça collait. Alkaf et Mohammet ne lui avaient pas semblé du genre à tirer, mais celui qui avait été dans le grenier à foin pouvait très bien être armé et prêt à tuer.

Il alla se coucher à contrecœur, en posant par sécurité le tiliphone sur la table de nuit.

Pourquoi Marian ne tiliphonait-elle pas ?

Et pourquoi, malgré ce qu'il s'était promis, juré à lui-même, il ne lui avait pas demandé son numéro de portable ?

Et pourquoi…

Et pourquoi deux et deux ne font pas trois ?

Le coup de fil l'aréveilla si bruyamment et soudainement que, dans le noir, il n'arriva pas à bien saisir le combiné et le fit tomber à terre.

Il alluma la lumière. Il était six heures du matin.

— Allô ?

— Vous êtes le *dottor* Montalbano ?

Voix masculine qu'il ne reconnut pas. Il fut tenté de lui dire que c'était une erreur.

C'était seulement la voix de Marian qu'il voulait entendre.

— Oui. Qui est à l'appareil ?

— Me Guttadauro, je suis.

D'un coup, sa coucourde redevint fort lucide.

Guttadauro, homme mielleux, courtois et dangereux comme un serpent, était l'avocat de la famille mafieuse des Cuffaro. Pratiquement, il en était le porte-parole.

Le poisson avait mordu. Il adécida de le laisser un peu se tortiller au bout de la ligne. Jamais se montrer trop intéressé.

— Maître, je vous demande pardon, mais pourriez-vous rappeler d'ici une dizaine de minutes ?

— Mais bien entendu !

Il passa dans la cuisine, se prépara un café, alla dans la salle de bains, se lava le visage, se but un bol de café et s'alluma une cigarette.

Le tiliphone sonna.

Il le laissa sonner. Souleva le combiné à la dixième sonnerie.

DOUZE

— Je vous écoute, maître.

— Avant tout, je vous en conjure vivement, acceptez mes excuses pour l'heure. Je vous ai certainement réveillé, je vous ai tiré des bras de Morphée.

— Qui vous donne cette certitude que j'étreignais Morphée ? rétorqua le commissaire.

L'avocat eut peur que Montalbano, qui ignorait peut-être qui était Morphée, se soit offensé en comprenant de travers l'allusion. Après un instant d'hésitation, il précisa :

— Je n'avais nullement l'intention... Vous savez certainement que Morphée était le dieu du sommeil, pas un être humain en chair et en os.

— En effet, maître. Qui vous dit que je dormais ?

— Alors, c'est mieux ainsi. Je me trouve à Punta Raisi et je vais prendre l'avion.

— Vous allez où, comme ça ?

— À Rome. Les affaires habituelles.

Qui consistaient à parler à quelques députés complaisants ou à quelque haut fonctionnaire qui s'occupait de travaux publics, en alternant promesses et menaces.

— Donc, continua l'avocat, si je ne l'avais pas fait maintenant, je n'aurais pu vous appeler qu'après huit heures. Je me suis dit que, peut-être à cette heure-là, je ne vous aurais plus trouvé à la maison. Et alors…

— Vous pouviez m'appeler au bureau.

— Je ne sais s'il aurait été opportun de vous déranger au commissariat. Vous avez toujours tant de choses à faire…

— Très bien, je vous écoute.

— Je voulais vous dire que, hier soir, nous avons eu le plaisir de vous voir à la télévision. Écoutez, ç'a été un cœur de louanges. Mais vous savez que vous vous portez à merveille ?

— Merci.

« Et ça vous emmerde bien, les Cuffaro et toi », ajouta-t-il mentalement.

— Que Dieu vous conserve longtemps cette bonne santé et cette belle intelligence, poursuivit Guttadauro.

— Merci, arépéta-t-il.

Il fallait prendre son mal en patience avec c'tes gens qui avaient l'habitude de parler en queue de cochon, de manière entortillée, jamais explicite. Tôt ou tard, il allait entrer dans le vif du sujet.

— Hier soir, avec nous, reprit l'avocat, il y avait un très vieux paysan des Cuffaro ; de temps en temps nous l'invitons parce qu'il nous met de bonne humeur en nous racontant des histoires formidables. Ah, la vieille civilisation paysanne désormais disparue ! Cette

174

globalisation qui fait disparaître nos antiques, nos saines racines !

Montalbano comprit le jeu.

— Vous avez éveillé ma curiosité. Mettez-moi de bonne humeur, moi aussi. Vous pouvez me raconter une de ces histoires ?

— Mais bien sûr, avec grand plaisir ! Donc, il y avait un chasseur de lions auquel un jour ses compagnons de battue jouèrent un tour. Ayant vu un indigène qui avait tué un âne et l'avait recouvert d'une peau de lion, ils l'achetèrent et le cachèrent entre les arbres. Le chasseur le vit et tira. Et il se fit photographier avec le lion qu'il croyait avoir tué. Ainsi tout le monde se convainquit que c'était vraiment lui qui avait tué le lion, alors que non seulement ce n'était pas lui, mais que le lion n'était même pas un lion, mais un âne.

— Amusant.

— Qu'est-ce que je vous disais ? Si vous saviez combien il en connaît de ces petites histoires !

— Et maintenant, maître, dites-moi ce qui…

— Désolé, *dottor* Montalbano, mais on vient d'appeler mon vol. Portez-vous bien et à bientôt.

Montalbano sourit, satisfait. L'interview s'avérait une bonne idée.

Ils avaient dû calculer longtemps pour s'inventer la petite histoire du lion qui était un peu bancale, mais qui tout bien pesé rendait l'idée.

Il était clair qu'en parlant de « compagnons de battue », Guttadauro se référait non seulement aux Cuffaro, mais aussi aux Sinagra, qui était la famille mafieuse rivale.

Pour l'occasion, ils avaient dû se consulter en toute hâte.

La substance du discours était que la Mafia n'y était pour rin, que Savastano n'était pas un gars de la Mafia (un âne, avait dit l'avocat), qu'il avait été tué par un non-mafieux (par un indigène, avait spécifié Guttadauro) et que ce meurtre, on voulait le faire passer pour une chose de la Mafia, alors qu'il n'en était pas un.

S'il l'avait deviné dès le début, maintenant, il en avait eu la confirmation par ce coup de fil.

Coup de fil qui bien entendu n'avait pas été fait pour lui rendre un service personnel, mais seulement parce que ses annonces d'enquêtes extensives les avaient alarmés et qu'ils voulaient qu'on les laisse en paix.

Savastano avait été tué par un indigène. Traduction dans le langage chiffré de Guttadauro : c'était un Vigatais qui n'appartenait pas à la Mafia.

Alors, il appela Fazio.

— Qu'est-ce qui fut, *dottore* ?

Il lui raconta le coup de fil de Guttadauro.

— Comment on procède, maintenant ? demanda Fazio.

— À onze heures, je veux avoir Salvatore di Marta au bureau.

— Pourquoi si tard ? Avant, vous avez à faire ?

— Moi non, toi oui.

— Qu'est-ce que j'ai à faire ?

— Je veux tout savoir de ce di Marta.

— Déjà fait.

« Un jour ou l'autre, je le tue », pinsa le commissaire, mais il se limita à dire :

— Alors, fais-le venir à neuf heures et demie. À neuf heures on se voit tous les deux et on parle.

Il traîna à la maison jusqu'à huit heures et demie dans l'espoir que Marian l'appelle.

Mais qu'est-ce qui avait bien pu lui arriver ? Il ne parvenait pas à admettre ce silence.

À un certain moment, il lui vint à l'esprit de chercher dans l'annuaire le numéro de la mine et d'appeler le frère de Marian pour se faire donner le numéro sous un prétexte quelconque. Puis le courage lui manqua.

Il attendit, mais la jeune femme ne se manifesta pas. Et plus les minutes passaient, plus il se rendait compte de son besoin d'entendre sa voix. Ainsi, à force d'attendre, il finit par arriver au bureau à 9 h 25.

— Di Marta, il paie le *pizzo*[1] ?

— Oh que oui, *dottore*.

— À qui ?

— Le terrain où se dresse le supermarché s'atrouve dans la zone sous contrôle des Cuffaro.

— Qui est son racketteur ?

— Un type qui s'appelle Ninì Gengo.

— Di Marta ne pourrait pas s'être mis d'accord avec lui ?

Fazio fit la grimace.

— Ninì Gengo, c'est pas un type qui tue. C'est une sangsue qui comptera tant que les Cuffaro n'auront pas décidé qu'il ne compte plus.

1. Sorte d'« impôt » mafieux.

— Mais di Marta n'aurait-il pas pu demander à Gengo s'il aconnaissait la pirsonne idoine ?

— Ça se pourrait. Mais en faisant comme ça, di Marta aurait fini par se mettre entre les mains de trop de gens.

— Vrai, c'est.

— En plus, si Me Guttadauro vous a tiliphoné exprès pour vous dire qu'ils n'ont rin à voir...

— Mais est-ce qu'on peut se fier à la parole d'un avocat qui est cul et chemise avec les Cuffaro ?

Fazio haussa les paules. Le tiliphone sonna.

— *Dottori*, il y aurait qu'il y a sur les lieux ce monsieur que vosseigneurie dit qu'il est de Marta.

— Laisse-le passer.

Di Marta était dans un tel état de nervosité qu'il n'arrivait pas à rester immobile un seul instant. Il s'agitait sur sa chaise et bougeait les mains sans arrêt, tantôt il se touchait la pointe du nez, tantôt le pli du pantalon, tantôt la cravate, en suant abondamment.

— *Sugno 'nni guai, veru ?* Je suis dans la panade, pas vrai ? demanda-t-il au commissaire.

Il l'avait compris tout seul. Tant mieux, comme ça, on gagnait pas mal de temps.

— Vous n'êtes certes pas en bonne posture.

Les épaules de di Marta s'arrondirent comme si on y avait chargé soudain un poids. Il poussa un soupir si long que Montalbano craignit pour ses poumons.

— Je vous prie, monsieur di Marta, d'essayer de garder votre calme du mieux que vous pourrez. Et de répondre avec sincérité à mes questions. Croyez-moi, la sincérité peut beaucoup vous aider. Je veux aussi vous dire que notre entretien, comment dire, privé, ne sera même pas enregistré dans un procès-verbal par Fazio ici présent. J'ai été clair ? Je ne suis autorisé à prendre aucune décision. Sinon, je vous aurais fait venir accompagné de votre avocat.

Un autre long soupir.

— C'est bon.

— Dites-moi, s'il vous plaît, où vous vous trouviez avant-hier soir à partir de dix heures ?

— Et où est-ce que je devais me trouver ? Chez moi.

— Il y avait quelqu'un avec vous ?

— Non. Loredana était hospitalisée, on la fait sortir demain, paraît-il.

— Dites-moi ce que vous avez fait à partir de l'après-midi.

— J'étais au supermarché jusqu'à l'heure de fermeture, ensuite…

— Un moment. Pendant que vous vous trouviez au supermarché, vous avez reçu quelqu'un dans votre bureau ?

— Oui, un représentant de produits d'entretien et Mme Molfetta qui a payé le compte qu'elle a chez nous.

— Personne d'autre ?

— Personne d'autre.

— Continuez.

— À la fermeture, resté seul, j'ai fait un peu de comptabilité, je suis allé verser l'argent passage Crispi et puis je suis rentré à la maison.

— Quelle heure pouvait-il être ?

— Neuf heures et demie.

— Vous n'avez pas dîné ?

— Si, le matin, j'avais demandé à bonne de me préparer quelque chose pour le soir.

— Quoi ?

— Je n'ai pas compris.

— Qu'est-ce qu'elle vous avait préparé ?

Di Marta lui lança un regard héberlué.

— Je ne… je ne m'en souviens pas.

— Comment est-ce possible ?

— J'avais la tête ailleurs.

— Et après le dîner ?

— J'ai regardé la télévision et, à minuit, j'étais au lit.

Donc il n'avait pirsonne qui pouvait témoigner qu'il était resté chez lui toute la soirée et la nuit. Et ça, c'était un point contre lui. Il n'avait pas ce qu'on appelle un alibi vérifiable.

— Pourquoi avez-vous frappé votre femme ?

La question, posée en traître, vit vaciller di Marta sur sa chaise.

Mais il n'arépondit pas.

Montalbano adécida de faire un peu besogner son imagination.

— Nous savons que Mme Loredana a déclaré aux médecins qu'elle était tombée dans l'escalier. Elle a manifestement voulu éviter qu'on vous poursuive. Mais les médecins ne l'ont pas crue, ils ont estimé que les blessures n'étaient pas compatibles avec la chute. Et ils ont déposé une plainte. Je l'ai ici dans le tiroir, vous voulez la voir ?

— Non.

Le piège avait fonctionné.

— C'est vous qui l'avez frappée ?

— Oui.

— Pourquoi ?

— Quand j'ai su qu'elle avait été violée, je lui ai demandé pourquoi elle l'avait tu. Ses réponses ne m'ont pas convaincu. Au point que j'ai pensé qu'elle connaissait le braqueur et qu'elle voulait le couvrir. Alors, j'ai perdu la tête et je l'ai frappée.

— Donc, c'était seulement par colère ?

— Oui.

Montalbano prit un visage sombre.

— Monsieur di Marta, je vous avais conseillé, dans votre propre intérêt, d'être sincère.

— Mais je suis…

— Non, vous ne l'êtes pas. Vous vouliez que votre femme vous donne le nom du braqueur qui l'a violée.

Di Marta garda un moment le silence. Puis il dut avoir pris une décision, passqu'il répondit sans plus d'hésitation :

— Oui.

Montalbano acomprit qu'à partir de là di Marta collaborerait dans les limites du possible.

— Elle vous l'a donné, ce nom ?

— Oui.

— Dites-le-moi.

— Carmelo Savastano.

— Comment avez-vous réagi ?

— Je… j'ai fondu en larmes. Puis… je me suis rendu compte de ce que j'avais fait et j'ai conduit Loredana à la clinique.

— Il vous est venu l'idée de vous venger de Savastano ?

181

— Je voulais le tuer. Et je l'aurais fait, si quelqu'un ne l'avait pas fait avant moi.

— Comment vouliez-vous le tuer ?

— En lui tirant dessus dès que je le rencontrerais. Depuis que Loredana m'a donné son nom, je suis armé.

Montalbano et Fazio échangèrent un rapide coup d'œil, Fazio se dressa.

— Vous avez l'arme sur vous ?

— Bien sûr.

— Levez-vous lentement, les mains en l'air, ordonna le commissaire.

Di Marta était à demi levé quand Fazio l'agrippa et lui retira le pistolet de la poche arrière de son pantalon. Il en retira le chargeur.

— Il manque une balle, dit-il.

Il leva la bouche du canon vers son nez, flaira.

— Vous avez tiré récemment ? demanda-t-il.

— Oui, admit di Marta. Comme je gardais le pistolet dans le tiroir de ma table de nuit sans l'avoir jamais utilisé, jamais sorti de sa boîte, j'ai voulu vérifier qu'il fonctionnait.

— Quand est-ce que vous l'avez essayé ?

— L'autre soir sur le parking à l'arrière du supermarché, quand tout le monde était parti.

— Essayez d'être plus précis. Le soir où a été assassiné Savastano ?

— Oui.

— Rasseyez-vous.

Chose curieuse, au fur et à mesure qu'il parlait, di Marta était de moins en moins nerveux.

— Revenons un peu en arrière dans le temps. Vous vous sentez de le faire ?

— J'essaie.

— Quand vous êtes tombé amoureux de Mme Loredana, c'était une de vos employés, elle était vendeuse dans votre supermarché ?

— Oui.

— Il nous semble qu'elle était fiancée avec Carmelo Savastano. Vous le saviez aussi ?

— Oui. C'est Loredana qui me l'a dit, quand j'ai réussi à gagner sa confiance. Mais ils ne s'entendaient plus.

— Pourquoi ?

— Savastano la maltraitait. Elle venait s'épancher, pleurer dans mon bureau. Je vous raconte quelques épisodes. Un jour il a craché dans l'assiette dans laquelle elle mangeait et l'a obligée à continuer. Une autre fois, il voulait la prostituer à un type auquel il devait de l'argent. Et comme Loredana a refusé, il lui a découpé ses vêtements aux ciseaux. Elle était presque décidée à le quitter, mais il la faisait changer d'avis.

— Comment ?

— Il la menaçait de diffuser des photos d'elle compromettantes. Et même une espèce de vidéo qu'ils avaient tournée dans les premiers temps de leur union.

— Je vois. Et qu'avez-vous fait ?

— Je me suis convaincu qu'il fallait que je le rencontre…

— Vous n'aviez pas peur qu'en vous retrouvant seul avec un type comme lui…

— Bien sûr que j'avais peur. Mais désormais, Loredana était tout pour moi.

— Vous êtes allé armé à cette rencontre ?

— Non. Je n'y ai même pas songé.

— Qu'est-ce que vous lui avez dit ?

— J'allai droit au but, je voulais rester le moins longtemps possible avec lui. Je lui ai demandé combien il voulait pour quitter Loredana et me remettre le matériel photographique. Je savais qu'il avait besoin d'argent, c'était un habitué malchanceux des tripots clandestins.

— Où a eu lieu cette rencontre ?

— Il avait proposé chez lui, mais je lui ai répondu que je ne le rencontrerais que dehors. On s'est vus au môle.

— Il a accepté votre offre ?

— Oui, après avoir un peu tergiversé.

— Combien ?

— 200 000 en liquide, 100 à la remise du matériel et 100 autres la veille de mon mariage avec Loredana.

— Pourquoi attendre jusque-là ?

— Pour avoir la certitude que, durant cette période, il n'importunerait pas Loredana qui, en attendant, irait vivre chez ses parents. Il aurait perdu la moitié de la somme convenue, ça ne l'aurait pas arrangé. Puis, après le mariage, s'il s'était manifesté encore, je m'en serais occupé, moi, de défendre Loredana.

— L'accord a tenu ?

— Oui.

— Vous l'avez encore, le matériel que Savastano vous a remis ?

— Je l'ai détruit.

— En admettant que ce que vous avez raconté correspond à la vérité, quelle raison, d'après vous, pourrait avoir eue Savastano pour braquer et violer votre femme ?

Montalbano s'attendait à la réponse.

— Je crois qu'il y a été incité.

— Par qui ?

— Par Valeria Bonifacio.

— Et pour quel motif Mme Bonifacio…

— Parce qu'elle me hait. Pour me faire du mal. Parce qu'elle est jalouse de l'affection de Loredana pour moi.

— Mais vous avez un minimum de preuves pour soutenir cette idée ?

— Non.

Montalbano se leva. Di Marta aussi.

— Merci. Je n'ai plus besoin de vous.

Di Marta parut plutôt perdu.

— Je peux y aller ?

— Oui.

— Et qu'est-ce qui va se passer, maintenant ?

— Maintenant, je vais en parler avec le procureur. Ce sera lui qui décidera de la suite.

— Et le pistolet ?

— Il reste ici. De toute façon, à quoi vous sert-il ? Maintenant, Savastano a été tué.

Fazio accompagna di Marta jusqu'à la sortie. Quand il revint, Montalbano demanda :

— Qu'est-ce que tu en penses ?

— *Dottore*, ou bien c'est un super-malin qui joue une partie très difficile, ou ce n'est qu'un pauvre type qui s'atrouve dans la merde. Et vosseigneurie, qu'est-ce que vous en dites ?

— Je pense exactement pareil que toi. Mais en attendant, faisons nos devoirs de vacances. Pendant que je vais à Montelusa parler à Tommaseo, toi, apporte le pistolet à la Scientifique. Les projectiles, ils les ont encore, comme ça ils pourront dire si Savastano a été tué avec cette arme. Ensuite, il faudrait que tu essaies de savoir un truc.

— Dites-le-moi.

— Tu as entendu l'histoire de la fusillade, avec les trois immigrés ?

— Oh que oui. Et moi aussi j'ai pinsé ce que vosseigneurie a pinsé : il se pourrait qu'il s'agisse de ceux du Spiritu Santo.

— Si je me hasarde à demander des détails à Spositò, je suis sûr qu'ou bien il me répondra mal, ou bien il ne me dira rien. Si toi, en revanche, en parlant avec un de tes collègues…

— J'ai compris. J'y vais.

Mais il n'eut pas le temps de sortir, car à ce moment-là Mimì Augello entra.

TREIZE

— Je ne me suis pas montré avant passque Catarella m'a dit que di Marta était là. Comme je ne savais pas si je devais entrer ou pas, j'ai préféré rester à l'écart.

— T'as bien fait, Mimì.

— Vous voulez savoir comment s'est passé le dîner avec Mme Bonifacio ?

— Si c'est pas un truc long...

— C'est un truc bref...

— Alors, assieds-toi et raconte, dit Montalbano.

— Valeria, pendant toute la première partie de la soirée, a joué la sainte. À n'y pas croire, on l'aurait dite descendue juste à la seconde du paradis. Guindée, les yeux baissés, le chemisier boutonné, la jupe au-dessous du genou. Elle m'a raconté l'histoire de sa vie en commençant par l'école élémentaire. Minote, elle était malheureuse à cause de son père qui avait une maîtresse dont il avait eu un fils. Et donc, engueu-lades sans arrêt dans la famille. À ce souvenir, elle s'est collé un mouchoir sur les yeux. Elle voulait me faire croire que son mari avait été, et continuait à être, l'unique homme de sa vie. Que les longs mois où il n'était pas là lui pesaient, bien sûr, vu qu'elle était une jeunette de constitution saine et considérable, mais que la privation était compensée par le grand amour qui les tenait serrés comme le lierre et le mur, c'est vraiment ce qu'elle a dit. En somme, un grandissime tracassin qui dura jusqu'à onze heures.

— Et à onze heures, qu'est-ce qui se passa ?

— Il se passa que, comme la télévision était allumée, tu es apparu, toi, Salvo. À la nouvelle que le mort était Savastano, elle a complètement changé, d'un coup, elle adevint comme folle, elle criait que l'assassin était sûrement le mari de Loredana. J'ai tenté de la calmer, mais ça a été pire. Elle a été prise d'une attaque hystérique, elle a cassé une assiette, a tenté de donner des coups de tête dans le mur, j'ai dû la porter jusqu'à la salle de bains, lui laver le visage, lui mettre la tête sous la douche, en somme, elle s'est mouillé ses vêtements. Elle a voulu se changer, elle n'y arrivait pas, ses mains tremblaient trop, ses jambes ne la soutenaient pas, elle s'appuyait à moi. C'est moi qui ai dû lui enlever le chemisier et le soutien-gorge et lui mettre des affaires sèches. Et la jupe aussi.

— Et pas la culotte ?

— Non, elle était sèche.

— Et puis ? demandèrent en chœur Montalbano et Fazio.

— Je dois décevoir vos attentes de mâles lubriques. Elle m'a montré la marchandise, qui est de première qualité, mais pour ce soir-là, j'ai compris qu'elle n'était pas en vente. Elle m'a dit qu'elle devait se coucher, je lui ai baisé la main en vrai gentilhomme et je suis parti. Je vais l'atrouver nouvellement ce soir et on mangera ensemble.

— En conclusion ?

— En conclusion, c'est une grande actrice. Et une grandissime fille de pute. Maligne et dangereuse. Elle a joué une belle scène de tragédie. Elle avait sûrement en tête de me dire quelque chose contre di Marta et ton apparition à la télévision est tombée à point, elle l'a saisie au vol. Elle procède graduellement avec moi. Ce soir on verra à quel point elle arrive. À propos, Beba râle passque je suis trop souvent sorti. Cette fois, fais pas 'u strunzu, le con, dis-lui que c'est pour les besoins du service. Comment ça s'est passé avec di Marta ?

— Mal pour lui.

— C'est-à-dire ?

— Il n'a pas d'alibi démontrable pour le meurtre. Et le mobile, il l'avait. Maintenant, je vais voir Tommaseo, mais lui, à tous les coups, il va le mettre en examen, encore heureux s'il le fait pas arrêter.

Au palais de justice, il apprit que Tommaseo était en audience et qu'il en avait encore pour une heure.

Il avait fait la connerie de ne pas lui tiliphoner avant pour s'informer s'il pouvait le recevoir.

Vu qu'il avait du temps à sa disposition, il alla à la questure pour voir où on en était des écoutes. Dans le souterrain, on lui dit que la cabine qui le concernait était la 12B.

À l'intérieur, un agent faisait des mots croisés, écouteurs sur les oreilles. On tenait tant bien que mal à deux dans le cagibi, à condition de ne pas être en surpoids.

— Le commissaire Montalbano, je suis.

— Agent De Nicola, dit l'autre en se levant.

— Bougez pas. Depuis quand les écoutes ont-elles commencé ?

— Depuis ce matin sept heures.

— Il y a eu des coups de fil ?

— Oui. Si vous voulez les écouter…

— Volontiers.

Il le fit asseoir à ses côtés, lui donna d'autres écouteurs, appuya un bouton sur une espèce d'ordinateur. Puis l'agent les réécouta avec lui.

— *Allô ?* fit une voix féminine.

— *Valè, comment ça va ?*

— *Loredà, mon ange, mon petit cœur, tu as du neuf pour quand ils se décident à te laisser sortir ?*

— *Demain, c'est sûr. Mon mari, ils l'ont convoqué au commissariat.*

— *Tu crois qu'ils vont l'arrêter ?*

— *Je ne sais pas comment ça va finir, mais sûr qu'il est mal barré. Écoute…*

— *Dis-moi.*

— *Je voulais te demander… tout va bien ?*

— *Tu veux parler de…*

— *Oui.*

— *Tranquille. Tout va bien.*

— *Tu me le jures ?*

— *Je te le jure.*

— *Valè, moi j'en peux plus, je deviens folle à rester là, sans pouvoir…*

— *Du calme, j'insiste. Fais pas de conneries.*
T'auras le temps de te rattraper largement pour le
temps perdu.

— *Là, je te laisse. Y a le docteur qui vient d'entrer.*

Puis il y avait eu un autre appel à Valeria. Une
voix masculine, plutôt jeune.

— *Valè, moi, c'est.*
— *Mais t'es dingue !*
— *Valè, écoute-m...*
— *Non. Et ne m'appelle plus avant que je te le*
fasse dire.

Et Valeria avait raccroché.

— Vous pouvez me donner la provenance de ce
deuxième appel ?

— Ça vient d'un portable qui est passé par le relais
de Montereale. Je ne peux pas vous en dire plus.

— Je pourrais avoir un enregistrement ?

— Qu'est-ce que vous avez comme enregistreur ?
Trop compliqué.

— Si tu me donnes une feuille de papier, je me le
recopie. De toute manière, ce sont des conversations
brèves.

— En fait, la transcription devrait être autorisée
par le procureur, dit De Nicola. Mais il pourrait y
avoir une solution. Vous me permettez d'aller prendre
un café ?

— Vas-y donc.

— Merci. Mettez-vous les écouteurs. Si jamais
vous entendez sonner le téléphone, d'abord appuyez

sur ce bouton et puis sur cet autre. Ah, le papier dont vous avez besoin est là, dans le tiroir.

Par chance, pirsonne n'appela, passque, sinon, Dieu sait quel bazar il aurait combiné.

Il retourna au palais de justice, attendit un peu et finalement put rencontrer le proc'.

— Mais il est une heure dix ! C'est l'heure de…

— *Dottore*, il s'agit de l'affaire des deux filles, vous vous rappelez ?

Il avait touché le point faible.

— Mais bien sûr ! Mais bien sûr ! Écoutez, je vous invite à déjeuner. Comme ça nous pourrons parler calmement de l'affaire.

Montalbano eut des sueurs froides. Dieu seul savait dans quel resto pourri il allait l'emmener, Tommaseo était du genre à se nourrir de baies sauvages et de viande de chien.

— D'accord, dit-il, résigné.

En fait, il ne mangea pas mal, il n'y avait pas de quoi se plaindre, bien qu'il fût obligé de parler en mangeant, chose contraire à ses habitudes.

Pour finir, ils revinrent au bureau du proc'.

— Comment entendez-vous procéder ? demanda Montalbano.

— Étant donné les horaires de ce di Marta, à seize heures, j'enverrai deux carabiniers pour l'embarquer au supermarché. Ainsi, nous sommes certains de le trouver. Les carabiniers lui donneront le temps de contacter son avocat et puis, avec celui-ci, ils l'emmèneront dans mon bureau.

Montalbano eut une moue dubitative, Tommaseo s'en aperçut.

— Il y a quelque chose qui ne va pas ?

— Si vous lui envoyez les carabiniers au supermarché, quelqu'un va informer la presse, les télés…

— Et alors ?

— C'est vous qui voyez. Je voulais seulement vous avertir que vous allez être assiégé. Vous avez besoin de ma présence ?

— Si vous avez autre chose à faire…

— Alors, si vous permettez, je n'y serai pas.

— Ah, écoutez, Montalbano, quand est-ce que vous avez dit qu'on laisse sortir la belle épouse de di Marta ?

— Demain.

— Et dès demain, je me la coince, dit Tommaseo en se léchant les lèvres, comme un chat à l'idée d'attraper une souris.

Il arriva au commissariat qu'il était trois heures et demie. Fazio le rejoignit aussitôt au bureau.

— J'ai laissé le pistolet à la Scientifique. On me téléphone la réponse plus tard.

— Tu as parlé avec quelqu'un de l'Antiterrorisme ?

— Oh que oui. C't'équipe est depuis deux jours aux basques de nos amis de Spiritu Santo.

— Donc, c'était eux ?

— Oh que oui.

— C'était eux qui avaient transformé en entrepôt la baraque en ruine ? C'est confirmé ?

— Oh que oui. Il paraît que ça fait un moment qu'ils s'occupaient de trafic d'armes avec la Tunisie.

Ils le faisaient non pas pour l'argent mais passqu'ils sont contre le gouvernement et qu'ils préparent une révolution. L'ordre de Sposito était de les arrêter en évitant au maximum une fusillade.

— Et alors comment se fait-il qu'il y en ait eu une ?

— Les trois hommes étaient cachés dans une grotte, et l'équipe venait juste de passer devant sans se rendre compte de rin quand ils ont entendu très près, dans leur dos, une rafale de mitraillette. Ils ont répliqué à l'aveuglette, mais les trois hommes s'étaient échappés.

— Tu es en train de me dire que la rafale, ils l'ont seulement entendue ?

— Oh que oui.

— Donc, il est possible qu'elle soit partie accidentellement.

— Eux aussi ils pinsent ça. Ils m'ont dit qu'un des trois a été sûrement blessé. Ils ont atrouvé beaucoup de sang.

Fazio parti, il se mit à signer des papiers. Il avait l'intention de sortir vite du bureau et de s'aretrouver à huit heures maximum à Marinella. Il voulait éviter de refaire comme le soir précédent, car il s'était maintenant convaincu que Marian l'avait appelé sans le trouver à la maison.

Fazio s'aprésenta vers six heures du soir.

— Ça colle pas.

— Quoi ?

— Les rayures du canon du pistolet de di Marta avec les marques sur le projectile extrait de la tête de Savastano. Bref, c'est avec un autre pistolet du même calibre, un 7,65, qu'il a été abattu.

194

Et ça, c'était un point en faveur de di Marta.

— Le proc' le sait ?

— Bof.

Plus tard, Augello vint lui dire bonsoir.

— Tu n'es pas prêt pour le dîner ?

— Je dois d'abord passer chez moi pour me changer.

— Tu te mets sur ton trente et un ?

— Naturellement. Je mets même du parfum.

— Comment il s'appelle ?

— 'U profumo ? Le parfum ? Virilité[1].

— Et t'es encore à la hauteur du parfum ?

— J'ai pas à me plaindre.

Il allait se lever et sortir quand le tiliphone sonna. C'était Zito.

— Je peux venir à ton bureau dans vingt minutes ?

— Pourquoi ?

— Tu m'accordes une interview ?

— Sur quoi ?

— Comment ça ? Rin, tu sais ce qui se passe ?

— Non, qu'est-ce qui fut ?

— Tommaseo a arrêté di Marta.

Il jura, non pour l'arrestation, mais pour la demande d'interview.

Pouvait-il dire non à Zito qui lui avait rendu tant de services ? Et si ça se trouvait, il le mettrait en retard et Marian…

— Bon, d'accord, mais essaie de venir le plus vite possible.

Il tiliphona aussitôt au procureur.

1. En français dans le texte.

— *Dottor* Tommaseo ? Montalbano, je suis. J'ai su que…

— Oui, il y a des indices et ils sont graves. En le laissant libre, on court le risque d'altération des preuves. En outre, il pourrait recommencer à agresser sa femme.

— Vous savez que la Scientifique a contrôlé le pistolet que j'avais confisqué à di Marta et n'a…

— Oui, on me l'a fait savoir au cours de l'interrogatoire. Mais cela ne change pas le tableau d'ensemble.

— On fait un truc rapide comme ça je le diffuse au journal de neuf heures et demie, dit Zito en entrant avec l'opérateur.

— Et si t'aréussis à t'en débarrasser en un quart d'heure, je te bise le front, répondit Montalbano.

En cinq minutes, ils furent prêts.

— Dottor *Montalbano, merci de votre accueil courtois. Donc, nous avons l'assassin de Carmelo Savastano. Félicitations au procureur Tommaseo et à vous-même. Vous avez agi vite.*

— *Avant tout, je tiens à préciser que ni le procureur Tommaseo ni moi-même nous ne pensons que c'est di Marta qui a exécuté matériellement le meurtre. Il en a été, éventuellement, le commanditaire.*

— *Le* dottor *Tommaseo nous a dit que le mobile est celui de la vengeance. Il n'a pas voulu en dire davantage.*

— *Si le* dottor *Tommaseo s'est limité à dire cela, ce ne sera certes pas moi qui ajouterai autre chose.*

— *Mais le mobile est seulement celui-là ?*

— *Si le* dottor *Tommaseo le dit…*

— *On murmure en fait que di Marta a fait tuer Savastano par jalousie.*

— *Je n'ai rien à dire à ce sujet.*

— *Vous avez interrogé l'épouse de Salvatore di Marta qui se trouve actuellement hospitalisée à la suite d'une chute ?*

— *Oui.*

— *Pouvez-vous nous dire si cette dame...*

— *Non.*

— *Mais vous avez des preuves concrètes contre lui ?*

— *Des preuves, pas encore. De graves indices, oui.*

— *Est-il vrai que vous avez confisqué un pistolet appartenant à di Marta ?*

— *Oui.*

— *On dit que la Scientifique, après l'avoir examiné, a exclu qu'il s'agisse de l'arme du meurtre. Vous confirmez ou vous démentez ?*

— *Je confirme. Ce n'est pas l'arme du meurtre. En tout, je voudrais vous faire remarquer que nous considérons que di Marta pourrait être le commanditaire, donc le fait que son pistolet n'est pas celui qui a servi pour tuer devient négligeable.*

— *Donc, l'enquête se poursuit à la recherche de l'exécuteur matériel du crime ?*

— *Tout à fait. Mais il s'agit au moins de deux personnes.*

— *Merci,* dottor *Montalbano.*

Quand ils eurent libéré son bureau, il jeta un coup d'œil à sa montre. Il jura, huit heures trente passées. Mais il devait encore faire un truc qu'il pinsait important.

Il appela Augello sur son portable.

— T'es où ?

— En voiture. Je suis en train d'aller chez Valeria.

— Tu savais que Tommaseo avait arrêté di Marta ?

— Oui. Je l'ai entendu au journal de huit heures.

— Je voulais t'avertir qu'à neuf heures et demie, il y aura une interview de moi sur Retelibera. Regarde comment elle réagit, Valeria.

— Pas de problème. Celle-là, elle garde la télé toujours allumée.

Il s'aprécipita vers la voiture, fonça à Marinella.

Il entendit le tiliphone sonner tandis qu'il ouvrait la porte. Mais il réussit à soulever le combiné à temps.

— Allô ? dit-il, hors d'haleine.

— Bonjour, commissaire. Tu as couru ?

Il entendit les cloches qui sonnaient, les oisillons qui chantaient, les guitares en concert, les pétards qui explosaient.

En somme, un bordel qui l'assomma.

— Oui. Je viens juste de rentrer. Je veux… je veux que tu me donnes tout, tout de suite.

Marian gloussa.

— Volontiers, mais comment on fait ?

— Non, excuse, tu n'as pas compris, je voulais dire tous tes numéros de téléphone.

— Tu ne les as pas ?

— Non, et chaque fois, j'ai oublié de…

— D'accord. Je te donne mon portable et le téléphone de mes parents.

Il les écrivit sur un bout de papier.

— Pourquoi tu ne m'as pas appelé hier soir ?

— Je te le dirai plus tard. Ça a été une initiative stupide qui, en fait, s'est avérée une erreur.

— Tu pourrais être plus claire ?

— Là, je suis en train de sortir. Je peux te rappeler vers minuit ?

— Certainement.

— Alors, à plus tard, commissaire.

Il lui vint un 'pétit de loup des steppes sibériennes.

Il poussa une espèce de hurlement 'ntérieur en se lançant à la recherche du trésor, à savoir ce que lui avait priparé Adelina. Il ouvrit le réfrigérateur avec tant d'énergie que la porte faillit lui rester dans la main.

Il n'y avait plus qu'à exulter et élever des hymnes de grâces, deux soleils de Van Gogh brillaient de leur lumière intérieure : riz aux artichauts et petits pois en entrée, thon à la tomate en deuxième plat.

Tandis qu'il faisait réchauffer les deux assiettes, il alla ouvrir la porte-fenêtre de la véranda. Il eut la surprise de voir qu'une pluie très fine s'était mise à tomber, il pleuvait *ad assuppavidrano*, à trempe-bouseux, mais il ne faisait en rin froid. On pouvait manger dehors.

La bruine rendait plus intense le parfum de la mer. Il le respira, se remplissant les poumons.

Et une bonne odeur montait aussi du sable mouillé.

Et le bruit léger des gouttes sur la marquise de la véranda était comme une musique lointaine qui...

Qu'est-ce qui lui prenait ?

Comment se faisait-il qu'il se mettait à apprécier la pluie qui l'avait toujours mis d'humeur noire ?

Était-ce l'avancement de l'âge qui le rendait plus compréhensif ?

Ou était-ce, chose plus que probable, l'effet Marian ?

Il adécida de ne pas regarder son interview qui allait être diffusée.

Il dressa la table, attendit que le riz soit bien chaud et l'emporta dehors.

Il le savoura jusqu'au dernier grain et à l'ultime petit pois.

Puis il passa au thon qui eut le même accueil que le riz.

Ensuite, il débarrassa la table, prit les cigarettes et le cendrier et retourna s'asseoir dans la véranda.

Pas de whisky, il voulait avoir la coucourde lucide.

Il tira de sa poche le feuillet portant les transcriptions des appels téléphoniques et entreprit de les examiner.

QUATORZE

La première chose qui sautait aux yeux, avec l'évidence d'une tache noire sur une feuille blanche, c'était que ni Valeria ni Loredana n'échangeaient un mot, un seul, sur le meurtre de Carmelo Savastano.

Alors que, quand même, il ne s'était pas passé beaucoup de temps depuis qu'on avait appris son identification.

Peut-être avaient-elles déjà eu l'occasion de commenter l'assassinat lors d'un coup de fil antérieur au début des écoutes, mais il semblait bien, en tout cas, que les deux nanas évitaient un sujet pourtant si important. Délibérément, comme si elles s'étaient mises d'accord pour ne pas en parler.

Et ça, c'était très bizarre.

Jusqu'à preuve du contraire, Savastano, outre qu'il avait fréquenté longtemps Loredana comme fiancé, seigneur et maître, avait été aussi son braqueur et son violeur.

Le fait même qu'elle s'atrouvait maintenant au 'pital était dans un certain sens 'ne conséquence de sa connaissance intime de l'assassiné.

Mais comment se faisait-il que de la bouche de la jeune femme ne sortait pas même un mot sur lui, qu'il soit insultant ou compréhensif ? La fin de Savastano avait été horrible, un « le pauvre » ou bien un « bien fait » aurait dû lui venir du cœur.

Eh bien, non, rin.

Et comment se faisait-il que Valeria, qui se montrait pour Mimì grande accusatrice de di Marta, ne commentait pas le fait que le mari de Loredana avait été convoqué au commissariat ? Elle n'aurait pas dû souhaiter qu'on l'expédie directement du commissariat à la prison ?

Trop d'omissions, trop de silences.

Puis, il y avait quelque chose d'absolument incompréhensible.

C'étaient les questions de Loredana qui voulait savoir si tout allait bien et qui n'en pouvait plus de devoir rester au 'pital sans pouvoir…

Sans pouvoir faire quoi ?

Et la réponse de Valeria qui la rassurait en lui disant qu'elle pourrait se rattraper largement, qu'est-ce que ça pouvait bien signifier ?

Se rattraper sur qui ?

En tout cas, il apparaissait que Valeria était le seul intermédiaire entre son amie et quelque chose qui lui manquait beaucoup.

Quant au second appel, il valait peut-être mieux ne pas s'y attaquer. Il n'était pas possible d'y rin comprendre.

Mais le ton de la voix de Valeria, quand elle avait entendu qui appelait, lui avait donné une indication.

La réaction 'mmédiate de Valeria avait été un mélange d'étonnement et de frayeur. Non, c'était plutôt une réaction qui alternait l'un et l'autre.

Elle avait dit : « Tu es fou », mais elle s'était interrompue, elle n'avait pas fini la phrase, elle était presque certainement sur le point de finir en disant : « de téléphoner ».

« Tu es fou de téléphoner. »

Donc, entre l'homme et Valeria, un accord avait été passé, allez savoir quand.

Que l'homme ne devrait pas l'appeler pendant un certain temps. Mais l'homme n'avait pas respecté l'accord.

Mais vu que Valeria, au moment du coup de fil, était seule chez elle, comme d'habitude, et que pir-sonne donc ne pouvait l'entendre parler avec cet homme, pourquoi ne voulait-elle pas rester au tili-phone avec lui ?

Si ce n'était qu'un amant, elle n'aurait sûrement pas eu de problème à lui parler.

Donc ça n'en était pas un.

Et alors, qui était-ce ?

Et Valeria, de qui avait-elle peur d'être entendue quand elle parlait avec lui ?

De son lointain mari, certes pas. De Loredana qui était au 'pital, non plus.

Et alors ?

Tu veux voir que Valeria pinsait qu'on avait mis son tiliphone sur écoute ?

S'il en était ainsi, cela signifiait que le contact avec cet homme représentait un danger possible.

203

La mission de Mimì adevenait toujours plus importante.

À onze heures et demie, le tiliphone sonna. C'était Livia.

— Je vais me coucher. Je voulais juste te dire bonne nuit.

Elle avait une voix comme si elle était enrhumée.

— Ça va ?

— Non.

— Qu'est-ce que tu as ? La fièvre ?

— Je ne crois pas, je ne sais pas, ça ne m'était jamais arrivé.

— Mais qu'est-ce que tu ressens ?

— Depuis que je me suis réveillée ce matin, j'ai tout le temps envie de pleurer.

Il fut impressionné. Il n'était pas si fréquent que les larmes pointent dans les yeux de Livia.

— Et je n'ai même pas envie d'en parler. Je veux juste aller dormir. Je vais me prendre un somnifère. Excuse-moi.

— Non, excuse-moi, toi.

Ça lui était sorti spontanément. Tout était sa faute. Mais Livia dit 'ne chose à laquelle il ne s'attendait pas.

— Tu n'as pas à t'excuser. Tu n'as rien à voir, il n'y a pas de rapport avec notre situation actuelle.

— Mais alors, pourquoi ?

— Je te l'ai dit. Je ne sais pas, je ne comprends pas. Je sens comme la menace d'un vide, d'une perte irréparable. Mais à moi, personnelle. C'est un peu comme quand j'ai su que maman avait un mal incurable. Un truc comme ça. Mais je ne veux pas te rendre triste. Bonne nuit.

— Bonne nuit, dit Montalbano en se sentant un salaud.

Et il en était un. Mais il n'y pouvait rien.

Il prit le tiliphone, l'emporta dans la chambre, passa dans la salle de bains, s'allongea.

Sur le dos, il fixait le plafond sans pouvoir détourner ses pinsées de Livia.

Il n'était pas loin de minuit quand le tiliphone sonna et ce fut comme un coup de vent qui déracina aussitôt de sa tête toute autre pinsée que celle de Marian.

— Bonsoir, commissaire.

— Bonsoir. Comment ça va, avec Lariani ?

— Que veux-tu que je te dise ? Aujourd'hui, il m'a téléphoné pour me dire qu'après-demain, c'est presque sûr, il me montrera deux toiles.

— Espérons que cette fois soit la bonne.

— Je l'espère, moi aussi, parce que moi, à perdre mes journées…

— Tu m'expliques pourquoi hier tu ne m'as pas téléphoné ?

Marian émit un petit rire.

— Pourquoi tu ris ?

— Parce que, certaines fois, tu prends avec moi le ton inquisiteur du commissaire…

— Je n'ai pas fait attention. Je ne voulais…

— Je sais. Tu veux vraiment savoir ?

— Oui.

— Tu vois, je me suis aperçue que, quand on vient de se parler, je ne peux pas m'arrêter de penser à

205

toi. Avec une plus grande intensité. Et plus je pense à toi, plus l'envie d'être avec toi devient irrésistible. Et comme je ne peux pas, je deviens désagréable, distraite ou bien je n'arrive plus à m'endormir. Et alors, j'ai voulu faire une expérience, je ne t'ai pas appelé. Ça a été pire. Et alors, me voilà à te parler de Milan. Crois-moi, je n'en peux plus, je deviens folle à rester là sans pouvoir…

Ce fut comme un éclair.

— Putain !

Ça lui avait vraiment échappé.

— Qu'est-ce qui te prend ? demanda Marian, surprise.

— Finis la phrase, finis la phrase !

— Quelle phrase ?

— Celle où tu disais que tu n'en pouvais plus, que tu devenais folle à rester là sans pouvoir…

— Mais t'as perdu la boule ?

— Je t'en prie, je t'en conjure, je t'en supplie : sans pouvoir faire quoi ?

Il y eut une pause.

Quand elle parla, la voix de Marian était glaciale et narquoise.

— T'embrasser, crétin. Te donner des baisers, imbécile. Faire l'amour avec toi, idiot.

Et elle coupa la communication.

Elle avait utilisé exactement les mêmes mots que Loredana ! Est-ce que par hasard Loredana était dans le même état que Marian ?

Mais maintenant, il fallait tout de suite réparer les dégâts.

Il appela Marian sur le portable. Celui-ci sonna dans le vide. Il l'appela sur le fixe. Personne n'arépondit, peut-être avait-elle débranché. La quatrième fois qu'il essaya au portable, Marian arépondit enfin.

Il lui fallut plus d'une demi-heure pour faire la paix.

Puis Marian lui souhaita la bonne nuit de son habituelle voix amoureuse.

Et il put dormir sereinement.

Au commissariat, il trouva Mimì et Fazio qui l'attendaient.

— Je viens faire mon rapport, annonça Augello.

— Je te vois frais comme une rose, dit le commissaire. Comment ça se fait, Valeria ne t'a pas épuisé ?

— Je ne suis pas encore arrivé jusque-là.

— Et jusqu'où tu es arrivé ?

— À la convaincre de remettre la marchandise à l'étal et de m'en laisser constater la fraîcheur avec une dégustation superficielle. Je me suis déclaré amoureux fou d'elle et prêt à tout.

— Compris. Comment a-t-elle réagi à mon interview ?

— Je suis persuadé que c'est après t'avoir entendu qu'elle s'est mis en tête de dire oui à la dégustation. À un certain moment, comme je tentais de passer de la dégustation à l'acquisition, elle m'a bloqué et m'a demandé si j'étais prêt à risquer ma peau pour elle.

— Elle a dit vraiment comme ça ?

— Exactement. Risquer gros.

— Et toi, qu'est-ce que tu lui as répondu ?

— Que j'étais prêt à donner ma vie pour elle.

— Il y avait de la musique en fond sonore ?

— Bien sûr ! Celle de la télévision.

— Allez savoir ce qu'elle a en tête, 'ntervint Fazio.

— Cet après-midi, elle va me l'arévéler, c'est sûr, dit Augello. Elle m'attend à quatre heures. Visiblement ce sera un truc long.

La réunion s'acheva.

— Ah *dottori* ! Ah *dottori* !

Quand Catarella attaquait c'te litanie, il était certain que c'était une chose qui concernait Môssieur le Questeur, comme il l'appelait.

— Le questeur a tiliphoné ?

— Oh que oui. Sur la ligne, il est !

L'image de Bonetti-Alderighi posé comme un corbeau sur le fil du tiliphone vint à l'esprit de Montalbano.

— Passe-le-moi.

— Montalbano ?

— Je vous écoute, monsieur le questeur.

— Vous pourriez faire un saut à mon bureau tout de suite ?

— Le temps d'arriver.

Il monta en voiture, partit. En général, quand le questeur le convoquait, c'était pour lui faire des reproches solennels, à tort ou à raison, c'est pourquoi il se lança, pendant tout le trajet, des appels à rester calme, quoi qu'il lui dise.

Le questeur l'areçut tout de suite.

Il ne devait pas être bien, car il avait le visage blême de quand il était assis dans le cercueil. Et il était adevenu carrément gentil.

— Mon cher Montalbano, asseyez-vous. Comment allez-vous ?

Jamais Bonetti-Alderighi ne lui avait posé une telle question. La fin du monde était-elle proche ?

— Pas mal. Et vous ?

— Pas trop bien, mais ça passera. Je vous ai dérangé pour vous demander si, à part le crime Savastano, vous avez d'autres enquêtes en cours.

— Aucune.

— Cette enquête, répondez-moi franchement, le *dottor* Augello pourrait la mener ?

— Certainement.

— Bien, comme vous devez déjà le savoir, le *dottor* Sposìto et tous ceux de l'Antiterrorisme sont lancés dans la chasse à trois Tunisiens qui se cachent dans notre province. Ils sont impliqués dans la contrebande d'armes. Un territoire trop vaste, et ce matin, le *dottor* Sposìto, avant d'aller donner main-forte à ses hommes, est venu me demander des renforts. Que je ne sais pas où prendre. Il me suffirait que vous, avec deux de vos hommes... Il ne s'agit que de quelques jours.

Le questeur 'gnorait à quel point il était mêlé à cette histoire.

— Pour moi, ça me va.

— Je vous remercie. J'ai voulu, avant d'en parler avec le *dottor* Sposìto, savoir si vous étiez disponible. Je suis certain que, quand je le lui ferai savoir, le *dottor* Sposìto sera content.

Il se leva, lui tendit la main, lui sourit.

Montalbano sortit perplexe du bureau, sérieusement préoccupé pour l'état de santé de Môssieur le Questeur.

Et à ce point, autant en profiter.

Il descendit dans le souterrain. Dans la cabine 12B, De Nicola continuait ses mots croisés.

— Bonjour. Coups de fil ?

— Oui. Un du mari à huit heures, un à huit heures et demie d'une dame qui demandait une contribution à une œuvre de bienfaisance et puis, à neuf heures, un appel de Mme Bonifacio à Mme di Marta.

— Je voudrais entendre celui-là, dit le commissaire en mettant les écouteurs.

— *Loredà, ma chérie, à quelle heure on te laisse sortir ?*

— *À midi.*

— *Je vais venir te prendre en voiture. Je n'arrive pas à y croire qu'on puisse nouvellement être ensemble.*

— *Moi non plus, je n'arrive pas à y croire. Quel plaisir ! Écoute, ne t'énerve pas, tu l'as fait savoir que je sors.*

— *Non, je ne l'ai pas fait savoir.*

— *Mais je...*

— *C'est mieux comme ça, je te dis. Et me le fais pas arépéter mille fois. T'as vu, ton mari ?*

— *Oui. J'ai la tilivision dans la chambre.*

— *J'ai fait la connaissance de quelqu'un qui peut nous être très utile. Je le travaille sérieusement.*

— *C'est qui ?*

— *Un avocat. Il s'appelle Diego Croma.*
— *Comment tu dis ?*
— *Diego Croma.*
— *Il me semble que je l'ai aconnu. Et pourquoi tu penses qu'y peut nous être utile ?*
— *Je te le dirai quand on se verra. À plus tard.*

— Je dois aller prendre un café ? demanda De Nicola en souriant.

Le commissaire le fixa, étonné.

— Vous n'avez pas besoin de le transcrire, ça ?

Montalbano s'arrappela et sourit.

— Non, merci.

Elles ne s'étaient pas le moins du monde étendues sur l'arrestation de di Marta. Et Loredana s'atrouvait devant un mur dès qu'elle voulait reprendre un contact qu'en fait Valeria continuait à lui refuser.

Il ne passa pas par le commissariat et alla directement déjeuner chez Enzo. Puis il se fit la balade jusqu'au môle et s'assit sur la roche plate. Dès qu'il le vit, le crabe se glissa dans l'eau. Visiblement, il n'avait pas envie de jouer. Peut-être que les crabes aussi avaient leurs mauvais jours.

Désormais, il était évident qu'au centre de toute l'enquête sur le meurtre de Savastano, il fallait mettre Valeria Bonifacio. Et peut-être qu'avec elle, il se trompait de méthode, en laissant tout faire à Mimì. Il devait aussi mettre Fazio en action.

Il revint au bureau.

211

— Ah, *dottori* ! Le *dottori* Sposato[1] tiliphona, il dit comme ça que si vosseigneurie l'appelle urgentement, il sera là.

— Catarè, ce serait pas par hasard, le *dottor* Sposìto ?

— Pourquoi, comment j'ai dit ?

— Bon, d'accord, appelle-le et passe-le-moi.

— Montalbano ?

— Je t'écoute. Le questeur m'a parlé et je suis...

— C'est pour ça que je te téléphone. J'ai dit au questeur que ce n'était pas la peine.

— Je n'ai pas compris.

— J'ai expliqué au questeur que, peut-être, il n'avait pas bien saisi, que j'ai besoin d'hommes.

— Pourquoi, et moi, qu'est-ce que je suis ? Un cheval ?

— Montalbà, j'ai besoin de petit personnel, pas de quelqu'un comme toi.

— J'ai compris. Tu veux pas que je te prenne la grappe.

— Mais non ! Je suis très loin de...

— Tu as peur que je te vole le mérite de l'éventuelle capture ?

— Va te faire foutre ! En tout cas, je ne veux pas de toi, c'est clair ?

— Très clair.

Sposìto eut comme un scrupule.

— Excuse-moi, Montalbano, mais les circonstances...

— Va te faire foutre, toi, maintenant.

1. *Sposato* : « marié » en français.

Il n'imaginait pas Sposìto aussi mesquin. Et qu'est-ce que ça voulait dire, c'tes circonstances ? Mais il y avait quelque chose qui le tracassait.

Lui, Montalbano, il l'avait provoqué exprès, mais Sposìto n'avait pas marché.

Un instant, il pinsa à appaler Bonetti-Alderighi pour avoir 'ne explication, puis il laissa tomber.

C'était peut-être mieux comme ça. Il s'épargnerait de crapahuter longuement au fin fond de la campagne sous la pluie et le soleil.

Et peut-être qu'il aurait dû manger de l'agneau bouilli ou du boudin, choses qu'il s'arefusait d'ordinaire de porter à sa bouche, chez un berger quelconque.

Il fit venir Fazio.

Il lui fit lire les deux transcriptions des écoutes, lui rapporta le coup de fil entendu dans la matinée.

— Qu'est-ce t'en penses ?

Fazio, en gros, fit les mêmes observations que son supérieur et conclut que Mme Bonifacio était impliquée là-dedans jusqu'au cou.

— Alors, tu dois intervenir, toi, Fazio. Tu m'as déjà donné quelques infos sur Valeria Bonifacio, mais c'est trop peu. Il faut creuser dans sa vie. Tout savoir, mais vraiment tout, d'elle.

— Ça ne sera pas facile, mais j'essaye.

— Acommence tout de suite.

— Ah, je voulais vous dire 'ne chose. Demain le supermarché di Marta rouvre.

— Il était fermé ?

— Oh que oui.

— Et qui s'en occupe ?

— Par son avocat, di Marta a fait avoir une délégation générale à sa femme.

— Di Marta a d'autres biens ?

— Il est pété de thune, *dottore*. Il possède des entrepôts, des maisons, des terrains, des chalutiers…

Vers sept heures, Augello revint.

— Tu amènes du neuf ?

— Oui. Comme je vous ai dit, à quatre heures, je suis allé chez Valeria. Elle m'a reçu en déshabillé, juste une nuisette qui, en marchant, laissait entrevoir la culotte et le soutien-gorge.

— En tenue de combat.

— Exactement. Comme elle fait attention au dosage, elle ne m'a pas emmené dans la chambre à coucher, on est restés sur le canapé à faire tout ce qu'il est possible de faire mais sans le principal. Elle a des capacités de contrôle remarquable, elle a toujours réussi à m'arrêter à temps.

— Mais elle t'a dit quoi ?

— Salvo, tu dois me croire, c'est une virtuose. Elle a fait allusion au fait qu'elle me donnerait un paquet, mais qu'il n'était pas pour moi. Alors, je lui ai demandé à qui je devais l'apporter et elle s'est mise à rire. Elle m'a expliqué que je ne devais ni le remettre ni le montrer à pirsonne. Que je devais le mettre quelque part sans que personne le remarque. Que si j'étais découvert, je courrais un grand risque. Moi, je lui ai demandé ce que c'était que ce paquet, et elle m'a répondu qu'il était mieux que je le sache pas. En tout cas, je lui ai dit que je le ferais.

— Et quand est-ce qu'elle te donne c'te paquet ?

— Elle m'a dit qu'elle ne l'avait pas avec elle. Qu'elle en prendrait livraison ce soir.

— Et tu y retournes dîner ?

— Non, demain à déjeuner. Après le dîner, elle doit sortir.

— Peut-être pour se faire remettre le paquet ?

— Bah.

QUINZE

À huit heures pile, il sortit du commissariat pour foncer à Marinella. La soirée était plus que parfaite pour manger dehors. Il alla ouvrir le réfrigérateur mais aussitôt s'immobilisa.

Non pas pour ce qu'il avait vu à l'intérieur, qu'il n'eut en fait même pas le temps de remarquer, mais pour ce qui lui était soudain venu à l'esprit, le pétrifiant.

Mais où avait-il la tête ? Qu'est-ce qu'il avait dans la coucourde ?

Questions rhétoriques, passqu'il savait très bien ce qu'il avait en tête et où il avait la coucourde : à Milan, près de Marian.

C'est comme ça qu'il avait fait une connerie grosse comme une maison, comme un gratte-ciel plutôt.

Et maintenant, que faire pour la rattraper ? Il n'y avait qu'une seule solution. Y aller en pirsonne pirsonnellement.

Et donc, avertir tout de suite Marian. Laquelle, en l'entendant, eut une voix surprise.

217

— Salut, commissaire. Comment se fait-il…
— Excuse-moi, mais je voulais te dire bonsoir.
— Où es-tu ?
— Chez moi, mais je vais sortir.
— Pourquoi, où vas-tu ?
— J'ai un peu de travail nocturne.
— À quelle heure rentres-tu ?
— Je n'en ai aucune idée.
— Donc, plus tard, je ne peux pas t'appeler ?
— Je ne crois pas que tu me trouverais.
— Je suis désolée. Tu es pressé ?
— Oui.
— Alors à demain, commissaire.
— À demain.

Il se pripara un café tandis qu'il se changeait en vitesse, mettant un pantalon multipoches dans lesquelles il glissa mobile, cigarettes, briquet, un livre, une lampe, une fiasque de whisky et un petit thermos qu'il remplit du café à peine fait.

Après quoi, il passa une veste de chasseur, se coiffa d'une casquette et suspendit des jumelles à son cou.

Ensuite, il se fit deux sandwiches, un au saucisson et un autre au provolone – heureusement qu'Adelina avait fait des provisions –, et prit une demi-bouteille de vin. Le tout fut placé dans les poches de la veste.

Il sortit de la maison, monta en voiture et retourna à Vigàta.

Destination : via Palermo, 28.

Valeria Bonifacio avait dit deux choses 'mportantes à Augello : que ce soir-là, elle lui remettrait un paquet et qu'après dîner, clle devrait sortir.

Une mesure élémentaire aurait été de la faire suivre par quelqu'un pour voir qui elle rencontrait. Mais lui, cet ordre, il ne l'avait pas donné, perdu qu'il était dans la pinsée de Marian.

Et donc, c'était à lui de faire ce qu'il n'avait pas demandé à d'autres.

La via Palermo semblait appartenir à un autre monde : on pouvait en effet se garer où on voulait. Il rangea la voiture juste devant la villa, mais de l'autre côté de la chaussée. Deux pièces étaient allumées, signe que Valeria était à la maison.

Il sortit un sandwich, c'était celui au provolone, et le mangea. Ce qui, au lieu de lui faire passer le 'pétit, le lui aiguisa. En conséquence, le sandwich au saucisson connut le même sort que son camarade. Il finit le vin, s'alluma une cigarette.

Au bout d'un quart d'heure, comme il ne se passait rien, il démarra et, en marche arrière, se déplaça jusqu'à se trouver sous un lampadaire. De cette position, la vision sur les fenêtres, de biais, était moins bonne, mais on les voyait.

Il sortit le livre qu'il avait emporté avec lui, d'un auteur, Bolaño, qui lui plaisait beaucoup, et, à la lumière du lampadaire, se plongea dans la lecture, en levant de temps en temps les yeux pour voir si la situation avait changé.

Ce fut à onze heures et demie que les lumières des fenêtres s'éteignirent. Il referma le livre, le posa sur le siège du passager, prêt à partir.

Dix minutes s'écoulèrent et il ne se passa rin. Il lui vint le doute que Valeria soit allée se coucher, auquel cas, ce serait « nuit perdue et c'est une fille[1] ». À moins que la jeune femme soit allée chercher sa voiture. Mais où la gardait-elle ?

Il ne s'arappelait pas si, quand il y avait été, il avait vérifié l'existence d'un garage sur l'arrière.

Dans la rue parallèle à la sienne, il vit surgir une voiture, mais il faisait trop sombre pour distinguer la pirsonne au volant. Par chance, à cet instant, une autre automobile, en passant à grande vitesse, l'éclaira de ses phares : pas de doute, c'était Valeria.

Elle ne roulait pas vite, aussi le commissaire n'eut pas de difficultés à la suivre. Si elle avait foncé, il n'aurait sûrement pas pu la filer. Valeria prit la route pour Montereale qui passe devant Marinella.

Qu'est-ce qu'il avait dit, De Nicola ? Que le coup de fil que Valeria avait coupé venait de Montereale.

Mais ils n'arrivèrent pas au bourg. À moins de cinq cents mètres des premières maisons, Valeria tourna à main droite, s'engageant sur une route de terre battue. La nuit était presque sans lune. Montalbano alluma ses phares et, en jurant, la suivit, en se maintenant à une certaine distance.

Il ne distinguait rin et redoutait de finir, d'un moment à l'autre, dans un caniveau ou un fossé.

Tout soudain, il ne vit plus les phares de la voiture de Valeria. Elle s'était arrêtée. Poursuivre l'approche en voiture était très dangereux, la jeune femme risquait

---

1. *Notte persa e figlia femina* : phrase qui signifie le désappointement du mâle sicilien quand il a veillé toute la nuit et que sa femme n'a donné naissance « qu'à » une fille. Équivalent de « perdre son temps ».

d'avoir des soupçons en entendant le bruit du moteur. Il entrevit une espèce de fontaine à main gauche, braqua, alla se garer derrière. Il ferma son véhicule et continua à pied.

Après une dizaine de minutes de marche, il vit une lueur blanche devant lui. C'était un espace dégagé devant une carrière de pierres. La voiture de Valeria était arrêtée là, on voyait les lumières rouges des feux arrière.

Ce fut alors qu'il entendit le bruit d'une auto qui arrivait. Vivement, il se jeta hors de la route, se cachant derrière un gros arbre.

La deuxième voiture alla s'arrêter à côté de celle de Valeria. Laquelle, pendant ce temps, était sortie, cueillie en plein par les phares. Les feux de position de la deuxième auto restèrent allumés. Maintenant, à côté de Valeria, il y avait un homme. Sans se saluer, ils se mirent aussitôt à parler. Montalbano les entendait, mais ne comprenait pas les paroles.

Tous deux étaient des silhouettes dont il ne voyait pas les visages. Mais l'homme devait faire au minimum 1,80 m. Le commissaire essaya les jumelles nocturnes, mais la situation ne changea guère.

Il ne lui restait plus qu'à s'approcher en marchant à l'aveuglette et en essayant de faire le moins de bruit possible. L'approche ne fut pas facile : deux fois il trébucha sur des racines, une fois il plongea la jambe gauche dans un trou plein d'eau, se trempant jusqu'au genou. Le tout sans pouvoir se soulager en jurant à voix haute.

Enfin, commencèrent à lui arriver quelques bribes de phrases, non pas tant grâce à sa progression, que parce que les deux autres avaient haussé la voix.

— Mais… te passe… la tête ? lança l'homme.

— … écoute-moi… dit Valeria.

— … ne te la do… même si te… te a… leurer.

— Mais ne… ssi que si la… réussi, et la police… atrouve… vie de Marta est foutue pour touj… et toi, tu… en dehors de ça ?

— Et si… ne… réussi ?… ier à c't'avocat ?

— … peux me fier.

— Mais qui… entendre ? Mon cul ? Et puis… l'ai jeté à la mer.

— Je te crois pas.

— Je te le dis… l'ai jeté à la mer.

À cet instant précis, Montalbano éternua.

— Qu'est-ce que c'est ? cria Valeria.

Montalbano éternua nouvellement.

L'homme, sans mot dire, était déjà remonté dans sa voiture et s'enfuyait.

Troisième éternuement.

Maintenant, c'était Valeria qui s'enfuyait. Il y eut quatorze éternuements à la suite qui le laissèrent ahuri. Il avait dû renifler une herbe à laquelle il était allergique. À moins que ce ne fût l'effet du litre d'eau froide qu'il avait dans la chaussure gauche. Heureusement qu'aucun de ses hommes n'était là pour le voir merder à ce point. Il refit la route à pied, arriva à sa voiture, rentra à Marinella. Il était clair que l'homme n'était pas d'accord avec le plan de Valeria. Et qu'il n'avait pas la moindre intention de lui donner ce qu'elle voulait. Ou qu'il ne pouvait pas de toute manière le lui donner. Un truc qui aurait pu foutre en l'air pour toujours la vie de di Marta. Mais qui était c't'homme ? Peut-être le même que celui avec lequel Valeria ne voulait pas parler au tiliphone ?

Et, à propos de tiliphone, comment Valeria avait-elle fait pour l'appeler et lui donner ce rendez-vous à la carrière ?

Elle n'avait certainement utilisé ni son portable ni son tiliphone fixe.

La première chose qu'il fit, en arrivant au bureau, fut d'essayer d'appeler De Nicola. Ce ne fut pas une entreprise facile, il dut faire un chambard de tous les diables avant de l'avoir en ligne.

— Je ne te prends que quelques minutes. Bonifacio a passé ou reçu des coups de fil depuis six heures et demie hier soir ?

— Il me semble qu'elle n'en a passé qu'un seul. Mais si vous avez la patience d'attendre, je vais contrôler.

— Contrôle calmement et dis-moi le contenu. J'attends.

Il dut compter jusqu'à 658.

— Allô ?

— Je t'écoute, De Nicola.

— Bonifacio a appelé de son fixe à 18 h 50 une certaine Nina en lui disant qu'elle a besoin d'elle parce qu'elle a dû inviter des gens à dîner à la dernière minute et que Nina devait l'aider aux préparatifs. Elle a dû insister parce que Nina ne se sentait pas bien. Je voulais aussi vous dire que ce matin, à huit heures, elle a fait un long appel à un certain Diego dont le numéro de portable est...

— Peu importe. Merci.

Pourquoi avait-elle téléphoné à huit heures à Mimì ? Peut-être était-ce la conséquence du fait que l'homme qu'elle avait rencontré n'était pas d'accord avec ce qu'elle avait en tête.

Mais l'important était que le motif pour lequel elle avait dit avoir besoin de c'te Nina était une menterie. Il n'y avait eu aucun dîner et donc la présence de Nina devait avoir un autre but. Et peut-être avaient-elles parlé en code.

Mimì Augello s'aprésenta à neuf heures et demie et, à la tête qu'il faisait, on voyait qu'il était déçu.

— Elle m'a largué, dit-il en s'asseyant.

— Valeria t'a largué ?

— Ce matin, elle m'a appelé à huit heures et m'a tenu la jambe une demi-heure. Elle m'a dit que l'histoire entre nous deux finissait là, qu'elle ne se sentait pas d'aller plus loin, qu'elle ne voulait pas faire ce tort à son mari, qu'elle était une femme honnête… Elle était si convaincante que j'ai failli croire à ce qu'elle racontait. En somme, pas moyen de la faire changer d'idée.

— Mimì, il me semble que tu baisses, si les femmes acommencent à te lâcher, observa le commissaire, impitoyable.

— Eh oui, acquiesça Augello, désolé.

— Bonjour tout le monde, lança Fazio en entrant.

— Tu connais la nouvelle ? lui demanda Montalbano. Valeria ne veut plus rien avoir à faire avec notre *dottor* Augello.

— Et pourquoi ?

Mimì allait répondre mais le commissaire leva le bras pour l'arrêter.

— J'aréponds, moi.

— Je préférerais pas, dit Mimì.

— Dis-moi pourquoi.

— Passque tu prends ton pied à te foutre de moi.

— Je t'assure que l'explication est tout en ta faveur.

— C'est bon, vas-y, parle.

— Valentina a rompu avec le Don Juan ici présent passque qu'on ne lui a pas donné le paquet qu'elle aurait voulu à son tour lui remettre.

— Et toi, comment tu le sais ? demanda Mimì.

Alors Montalbano raconta tout de son aventure de la veille au soir, en omettant le détail négligeable de ses éternuements. Il obtint l'effet 'mmédiat de ramener le sourire sur le visage d'Augello.

— Donc, elle m'a largué passque je ne lui servais plus.

— Et pas passque tes qualités viriles ont failli, console-toi, dit Montalbano, avant de poursuivre : Mimì, essaie de te rappeler, Valeria a déjà eu l'occasion de te parler d'une certaine Nina ?

— Nina ? Jamais, arépondit Augello.

— Peut-être qu'il s'agit du nom de sa bonne, 'ntervint Fazio, pinsif.

— Informe-toi. En attendant, qu'est-ce t'as appris de neuf ?

— Pas grand-chose. C'te Valeria a des connaissances, bien sûr, mais une seule amie, Loredana. Quand elle va au gymnase, elle y va avec elle. Si elle doit se rendre à Montelusa pour acheter une robe ou de belles chaussures, elle se fait accompagner de son amie. Elles sont inséparables, on dirait des sœurs siamoises.

— Pas d'homme ?

— Une dame âgée mais dotée d'une bonne vue, qui habite dans la villa d'en face et qui reste sur sa chaise roulante du matin au soir devant la fenêtre, m'a rapporté que, jusqu'à il y a deux mois, un homme venait la voir trois fois par semaine, et toujours l'après-midi. Puis, il y a deux mois, on ne l'a plus vu. D'après elle, ils se sont salement engueulés. La dernière fois que l'homme est venu, quand il est reparti, Valeria s'est penchée à la fenêtre pour hurler des gros mots et lui ordonner de ne plus jamais se montrer.

— Quel âge avait c'te gars ? demanda Montalbano.

— 25 ans, maximum.

— Peut-être qu'ils étaient amants.

— Je l'ai demandé à la voisine, dit Fazio, mais elle m'a répondu que ça ne lui semblait pas être le cas.

— Et comment elle fait pour le dire ? Elle n'arrive quand même pas à voir à l'intérieur de l'autre villa ?

— Oh que non, mais certaines fois, il arrivait que Valeria sorte avec lui et le raccompagne à la voiture. D'après la dame, ils ne se disaient pas au revoir comme des amants.

— Alors, c'est peut-être un parent, supposa Augello.

— Elle n'en a pas. Ni frère ni cousin.

— Moi, intervint Montalbano, ce qui me frappe le plus, c'est cette régularité.

— Comment ça ? demanda Augello.

— Il venait toujours trois fois par semaine et l'après midi. Une espèce de rendez-vous fixe.

Il marqua une pause, se tourna vers Fazio :

— Elle t'a dit aussi les jours ?

— Oh que oui. Lundi, mercredi et vendredi.

Ce fut alors qu'une idée lui vint.

— Tu peux retourner lui parler ?

— Oh que oui.

— Alors, demande-lui si, quand cet homme venait, Loredana était aussi chez Valeria. Décris-la-lui.

Il poursuivit à l'adresse d'Augello :

— Mimì, j'ai encore besoin de ton culot.

— Dis-moi.

— Ce matin, Loredana va rouvrir le supermarché, fermé parce que personne ne le supervisait, et elle va certainement prendre la place de son mari. Donc, à partir de maintenant, le matin et l'après-midi, elle se trouvera forcément là.

— Eh bè ?

— Tu dois aller la voir.

— Sous quel prétexte ?

— Tu lui racontes que tu es désespéré, que tu veux te tuer, que tu as compris que, sans Valeria, tu es un homme fini, détruit. Et donc tu la supplies d'intercéder auprès de ton amie.

— Et si elle me dit non ?

— Si elle te dit non, tu auras de toute façon entamé un rapport avec Loredana. Mieux que rin.

— J'y vais tout de suite.

— Non, il est trop tôt, laisse-la prendre ses marques. Arrange-toi pour qu'elle t'atrouve, en larmes, à la réouverture, à quatre heures. On se revoit tous ici à cinq heures. Allez, les gars, du nerf, vu que peut-être la solution est proche.

À peine assis sur la roche plate, après avoir mangé et bu, il s'aperçut que les crabes qui l'attendaient pour jouer, cette fois, étaient deux. Peut-être étaient-ils frères.

Valeria n'avait ni frère ni sœur.

Peut-être que les crabes l'étaient, frère et sœur. Comment on fait pour distinguer un crabe mâle d'un crabe femelle ?

Tandis qu'il jetait des graviers aux bestioles, une pinsée lui tournait dans la tête.

C'était 'ne chose qui avait été dite par quelqu'un à propos de Valeria. Une chose qui, sur le moment, ne lui était pas apparue importante. Mais en fait, elle l'était. Sauf qu'il n'arrivait pas à la préciser.

Fazio et Augello furent ponctuels à cinq heures.

— À toi de parler, Mimì.

— Loredana s'est souvenue tout de suite de moi. J'ai eu la possibilité de parler avec elle une dizaine de minutes environ, au bureau de la direction. Elle m'a dit qu'elle était au courant de mon histoire avec Valeria passque son amie la lui avait racontée dans tous les détails. Elle m'a dit aussi que c'était la première fois depuis qu'elle était mariée que Valeria éprouvait de la sympathie pour un autre homme. Moi, j'ai joué la grande scène, j'en ai même eu les larmes aux yeux. Elle était émue, elle m'a promis qu'elle en parlerait avec Valeria.

— Vous vous êtes mis d'accord pour la suite ?

— Elle a pris mon numéro de portable. Elle me fera savoir.

— Et toi ? dcmanda Montalbano à Fazio.

— J'ai reparlé avec la dame. *Dottore*, vous avez mis dans le mille. Quand cet homme venait, Loredana était toujours là.

— Tu lui as demandé à quoi il ressemblait ?

— Le gars ? Oh que oui, elle m'a dit qu'il faisait minimum 1,80 m et qu'il arrivait toujours dans la même voiture.

— Elle t'a dit le numéro d'immatriculation ou la marque ?

— Oh que non, elle n'a pas lu le numéro et elle y connaît rien en marques de voiture. Elle m'a seulement dit que celle-là était argentée.

— Je suis presque sûr que la voiture de l'autre nuit était argentée, dit Montalbano. Et il ne fait pas de doute qu'il s'agit du même gars qui allait la trouver. À moins que Valeria ne fréquente exclusivement des types de 1,80 m.

— J'ai appris autre chose, continua Fazio. Que la bonne s'appelle Nina. Mais il ne s'agit pas d'une véritable bonne, c'était sa nourrice vu que sa mère avait perdu son lait à la suite d'un malheur.

— Et ça, qui te l'a raconté ?

— Le seul vendeur de fruits et légumes qu'il y a dans toute la via Palermo et où Nina va faire les courses.

Ce fut cette histoire à peine entendue de la perte du lait par la mère de Valeria à la suite d'un malheur, qui fit remonter à l'esprit de Montalbano la pinsée qui lui était venue pendant qu'il était assis sur la roche plate.

Il s'arappela soudain que c'était Augello qui lui avait dit c'te chose 'mportante.

— Mimì, quand tu es venu raconter ta première rencontre avec Valeria, il me semble que tu m'as dit qu'elle t'a fait l'histoire de sa vie.

— Exactement.

— Maintenant, je ne me le rappelle plus bien, tu n'as pas dit qu'elle t'a parlé de sa famille ?

— Oui, elle m'a dit qu'elle avait eu une enfance malheureuse du fait que son père avait une maîtresse avec qui il avait eu un fils.

— Voilà, c'était ça. Elle t'a dit s'il l'avait eu avant sa naissance à elle ?

— Oui, quatre ans avant.

— Donc, Valeria avait un demi-frère.

— Si c'est bien comme ça…

— Elle t'a dit si son père l'a reconnu ?

— Elle ne l'a pas dit.

Fazio s'était levé.

— Je fonce à l'état civil, tout notre système informatique est en panne. Le bureau ferme à cinq heures et demie. J'ai peut-être le temps.

SEIZE

— J'arrive pas à comprendre pourquoi tu donnes tant d'importance à ce demi-frère, demanda Augello.

— Mimì, c'est clair comme de l'eau de roche, Valeria a une double vie. Ou du moins, il y a toute une partie de sa vie qu'elle veut, pour le moment, garder cachée à tout prix. Tu es d'accord ?

— D'accord.

— Si l'histoire du paquet qu'elle voulait te donner avait abouti, on aurait sûrement réussi à découvrir quelque chose. Mais comme ça ne s'est pas passé comme ça aurait dû, nous, par ce biais, on réussira plus à rin savoir. Donc, n'importe quelle route est bonne à tenter. Si ça se trouve, ils se sont mis à se fréquenter, avec son demi-frère.

Ils continuèrent à parler de Valeria jusqu'à ce que Fazio revienne, une demi-heure plus tard, dépité.

— D'après le registre, il n'existe à Vigàta qu'un seul Bonifacio mâle, Vittorio, il a 50 ans et c'est le père de Valeria. Donc, Vittorio n'a pas reconnu son fils illégitime, qui a été enregistré sous le nom de la mère.

— À propos de mère, comment s'appelle celle de Valeria ? demanda Montalbano. Peut-être qu'à travers elle…

— Elle s'appelait Agata Tessitore, mais elle est morte il y a trois ans.

— On est dans une impasse, commenta Mimì.

Mais le commissaire avait refermé sa mâchoire sur l'os et n'avait aucune intention de le lâcher.

— Alors là, je vais faire une tentative désespérée, dit-il. Mais je dois dire qu'une fois ça a marché.

Il composa un numéro sur la ligne directe et mit le haut-parleur.

— Allô ? répondit une femme.

— Adelì, Montalbano je suis.

— Vosseigneurie, c'est, *duttù* ? Dites-moi. Qu'est-ce qui fut ?

— J'ai besoin, d'une 'nformation. Tu la connais 'ne femme âgée qui va faire le ménage chez une dame qui s'appelle Bonifacio ?

— Oh que non.

— C'te dame âgée s'appellerait Nina.

— Nina Bonsignori ?

— Le nom de famille, je le connais pas.

— *Duttù*, moi j'aconnais une vieille qui achète le poisson là où je vais l'acheter et qui parle tout le temps de sa patronne. Elle m'assomme à me raconter comme elle est bien, comme elle est bonne et comme elle est belle, elle dit comme ça qu'elle l'a élevée, qu'elle a été sa nourrice.

Il avait mis dans le mille.

— *Iddra è !* C'est elle ! s'exclama-t-il puis avec un regard triomphant à Mimì et Fazio, il demanda : C'te patronne, elle l'appelle Valeria ?

— Oh que oui.

— Quand est-ce que tu la revois, Nina ?

— Certainement, comme d'habitude, demain matin à sept heures et demie au marché aux poissons.

— Je vais t'expliquer ce tu dois lui demander, mais comme un truc en passant, par curiosité, sans lui donner trop de poids, et puis, dès qu'elle te l'aura dit, tu m'appelleras à Marinella.

— Ça peut pas attendre à quand je vais venir ?

— Non, je dois le savoir tout de suite.

Quand il eut raccroché, il dit à Fazio :

— Demain matin, dès que je sais ce nom de famille, je t'appelle, je te le dis et tu fonces à l'état civil.

À Marinella il arriva qu'il était presque huit heures et demie, et comme il entrait, le tiliphone sonna.

— Bonsoir, Salvo.

C'était Livia. Elle parlait lentement, d'une voix basse et lointaine, comme si elle peinait à trouver sa respiration.

— Tu te sens mieux ?

— Non. Pire. Aujourd'hui je n'ai même pas réussi à aller travailler. Je suis restée à la maison.

— Tu as de la fièvre ?

— Non, pas de fièvre. Mais c'est comme si j'en avais.

— Tu ne pourrais pas mieux m'expliquer ce que…

— Salvo, je vis en sentant en moi une angoisse continue, harcelante. J'ai beau me forcer, et crois-moi

233

que j'essaie, je ne réussis pas à en trouver le motif, mais c'est comme ça. C'est comme s'il devait m'arriver, d'un moment à l'autre, quelque chose de terrible.

Il en éprouva une très grande peine.

Il se la représenta seule, décoiffée, les yeux rougis par les larmes, se traînant désolée d'une pièce à l'autre... Les mots qu'il prononça lui jaillirent du cœur :

— Écoute... tu veux que je vienne à Bocadasse ?

— Non.

— Je pourrais peut-être t'être utile.

— Non.

— Mais pourquoi ?

— Je serais inapprochable.

— Mais tu ne peux pas rester comme ça sans réagir !

— Si demain je suis encore comme ça, j'irai voir quelqu'un. Je te le promets. Maintenant, je vais dormir.

— Je te souhaite d'y arriver.

— Avec les somnifères, oui.

Il avait la bouche amère, le cœur lourd.

Il se laissa tomber dans le fauteuil et alluma la tilivision. Zito était en train de présenter le journal.

... aujourd'hui arrivait à échéance la garde à vue de Salvatore di Marta placée sous le contrôle du juge des libertés, le dottor *Antonio Grasso. Mais le* dottor *Grasso a demandé une prolongation de quarante-huit heures et un supplément d'information. On est donc fondé à supposer que les indices que le parquet a jugés suffisants pour ordonner la garde à vue ne sont*

pas apparus aussi probants et certains aux yeux du juge des libertés.

Passons à une autre information. La chasse aux trois immigrés qui voilà quelques jours ont échangé des coups de feu avec les forces de l'ordre dans les campagnes de Raccadali se poursuit. On a découvert une maison de paysan abandonnée où les trois hommes s'étaient momentanément abrités. On y a retrouvé des traces de sang qui confirment qu'un des trois a été sérieusement blessé. Le dottor *Sposìto a déclaré que le cercle se resserre toujours plus autour des trois hommes et que leur capture n'est désormais qu'une question de jours.*

Nous venons d'apprendre que le conseil municipal de...

Il se mit en quête d'un film. Il n'avait aucun 'pétit, le coup de fil de Livia le lui avait coupé. Il atrouva un film d'espionnage et le regarda jusqu'au bout, en dépit du fait qu'il n'y comprit rin.

Il éteignit, alla s'asseoir dans la véranda. Et il n'avait pas non plus envie de whisky. Plein de mélancolie, il pinsait à Livia.

Il recommença à l'imaginer chez elle à Bocadasse. La peine, la tendresse, la compassion qu'il éprouvait maintenant pour elle lui serraient la gorge.

Et il voyait en elle son reflet, car elle souffrait de la même solitude que celle qu'il avait ressentie jusqu'à l'arrivée de Marian.

Et peut-être Livia avait-elle bien fait d'arcfuser sa venue à Bocadasse : quel réconfort aurait-il pu lui apporter ? Aurait-il su l'embrasser et la caresser comme autrefois ?

Avec des paroles ? Non seulement ses paroles n'auraient pas été à la hauteur, mais elles auraient sonné faux. Passqu'on ne peut pas vivre tant d'années avec une pirsonne, la connaître en surface et en profondeur, sans pressentir quand quelque chose a changé en elle. Et Livia avait certainement eu conscience de ce changement en lui.

Mais cette fois, elle n'avait pas réagi, elle avait au contraire tenu à préciser que son mal ne dépendait pas de lui.

Et alors, qu'est-ce qui pouvait lui être arrivé ? À quoi était due cette angoisse qui l'assaillait à l'improviste ? Un mauvais tour de l'âge ?

Ce qui le troublait le plus profondément, c'était que Livia n'avait rien d'une femme hystérique, ou sujette à des dépressions imprévues, à des fantasmes, des sauts d'humeur... au contraire. Parmi ses principales qualités, il y avait le sens du concret, le fait d'avoir toujours les pieds sur terre. Et cette histoire risquait de devenir plus dangereuse si on ne découvrait pas, avant tout, quelle était la cause de tout ça.

Non, il ne pouvait pas l'abandonner dans un moment pareil. Ce serait une double lâcheté.

Et comme si elle avait perçu ses pinsées, Marian l'appela. Passque lui, tandis que le tiliphone sonnait, il eut la certitude absolue qu'à l'autre bout du fil il y avait Marian. Tendre le bras lui coûta un gros effort, il lui sembla qu'il pesait un quintal.

— Allô... qui... est à l'appareil ?

— Salut, commissaire, comment ça va ? T'as une voix bizarre.

— Je suis… je suis fatigué. Très.

— Tu t'es fatigué la nuit dernière ?

— Oui. Ça a été… dur. Et toi, comment ça va ?

— Lariani m'a passé un coup de fil mystérieux. Il m'a dit que je dois être très prudente avec les gens avec qui je traite. Je lui ai demandé le pourquoi de cette prudence et il ne m'a pas répondu. Il a besoin encore d'un jour.

— Qu'est-ce que tu lui as répondu ?

— Que je lui accordais ce nouveau délai. Mais j'ai pris une décision. Je lui donne jusqu'à dimanche soir. S'il ne se manifeste pas ou s'il décale encore, je coupe.

— Tu veux dire quoi par là ?

— Je coupe, j'arrête, je laisse tout tomber.

— Tu parles sérieusement ?

— Bien sûr que je suis sérieuse.

— Mais ce n'est pas une bonne affaire ?

— Et comment, que c'en est une !

— Et alors, pourquoi tout laisser tomber quand tu y es presque ?

— Salvo, peut-être que tu n'as pas encore compris.

— Quoi donc ?

— Que rester une minute, une seule minute, loin de toi, me coûte beaucoup. Que rester une journée entière a pour moi un prix très élevé. Qu'il m'est devenu impossible de continuer à payer. Et qu'il n'y a absolument aucune raison qui m'oblige à supporter cette souffrance. Au diable Pedicini, Lariani et compagnie. Ce sont des voleurs !

— Qu'est-ce que tu dis ?

— Oui, des voleurs ! Ils m'ont volé un bout de bonheur. Et mon bonheur vient avant tout le reste. Tu as compris ?

Avant d'arépondre, il dut laisser passer quelques secondes. La fougue de Marian l'avait submergé.

— J'ai très bien compris, dit-il enfin.

Mais une question tournait dans sa tête : pourquoi Lariani agissait-il ainsi ?

— Maintenant, reprit Marian en retrouvant sa voix habituelle, comme je suis plus que convaincue que d'ici demain on ne résoudra rien, moi, après-demain, je prends un avion et je rentre à Vigàta. Comme ça, le soir, on pourra dîner ensemble.

— Je comprends tes raisons, mais réfléchis, je t'en prie, étant donné que tu es sur le point de conclure, un jour de plus, un jour de moins… argua Montalbano *cunctator*, le temporisateur.

Marian éleva la voix.

— Salvo, je n'accepte pas qu'ils se moquent encore de moi, qu'ils me volent encore une minute de vie avec toi. Tu veux le comprendre, ou pas ? Ne t'y mets pas, toi aussi. Et en tout cas, ne te fais pas d'illusion : maintenant que je t'ai pris, je ne te laisserai pas m'échapper.

Il ne l'avait jamais entendue aussi déterminée.

— Bon, d'accord, dit-il.

Marian changea de ton.

— Excuse-moi si… mais je suis vraiment exaspérée. Je me sens bouillir en dedans. J'ai longuement réfléchi. J'ai été idiote d'accepter la proposition de Pedicini. J'aurais dû dire non même s'il s'agissait de ne m'éloigner qu'un seul jour.

— Maintenant, calme-toi, dit Montalbano. Autrement, tu ne vas pas fermer l'œil.

— J'ai un remède à ça.

— Écoute, ne prends de somnifères que...

— Je n'en ai pas la moindre intention. Mon somnifère, c'est toi.

— Moi ?

— Oui, tu es mon excitant et mon somnifère. Dis-moi bonne nuit comme si tu étais à côté de moi.

— Bonne nuit, répéta Montalbano, en désirant vraiment que Marian soit près de lui.

Il était huit heures et quart, et le commissaire venait à peine de sortir de la douche que le tiliphone sonna.

— *Dottori*, Adelina, je suis.

— Qu'est-ce que tu me racontes ?

— J'ai causé avec Nina Bonsignori. Celle-là, y faut pas grand-chose pour qu'elle se mette à parler de sa patronne. En plus, la patronne, elle l'a appelée sur son portable pendant qu'elle était en train de tout me raconter.

— Nina a un portable ?

— Oh que oui, maintenant, tout le monde en a un.

— Continue.

— Elle m'a dit que la maîtresse du père de sa patronne Valeria s'appelle Francesca Lauricella.

Il mit fin à la communication et appela Fazio pour lui raconter le coup de fil.

Quand il fut prêt à sortir, il composa le numéro de Livia. Qui répondit d'une voix pâteuse.

— Mais quelle heure est-il ?

— Neuf heures. Je suis désolé de t'avoir réveillée.

— Je ne dormais pas. Je suis encore au lit et je n'ai pas envie de me lever. Pourquoi as-tu téléphoné ?

— Pour savoir comment tu vas. Je suis préoccupé.

— Je suis toujours pareil. Mais ne t'inquiète pas, s'il te plaît. On s'appelle ce soir.

Quels serrements de cœur elle lui procurait ! Et comme il se sentait devenir avare de paroles sincères, authentiques, généreuses, avec elle !

Pour aller au commissariat, il dut passer devant la galerie de Marian. Cette fois, il s'aperçut qu'un cornard avait écrit sur le rideau de fer le mot « Voleurs ! » avec des bombes vertes et rouges. Allez savoir pourquoi ce mot lui ramena à l'esprit que Marian avait appelé ainsi Lariani. Il aurait voulu l'aconnaître en pirsonne, cet homme. Mais il y avait un moyen d'en savoir un peu plus sur lui. Comment se faisait-il qu'il n'y avait pas pinsé avant ? Bon sang, comment elle était adevenue, sa tête !

Au bureau, Fazio et Mimì l'attendaient.

— Alors ?

Fazio tira de sa poche un feuillet. Le commissaire le prévint.

— Je comprends que, cette fois, l'état civil est important. Mais épargne-moi le rosaire. Dis-moi seulement comment s'appelle ce gars.

— Il s'appelle Rosario Lauricella et a 25 ans, répondit Fazio d'un air hautain en rempochant la feuille.

— Où est-cc qu'il habite ?

— À Montereale. Et je peux vous dire aussi que sur sa carte d'identité, il est marqué qu'il mesure 1,81 m. Et puis, il y a un truc important.

— Tu me le diras après. Je veux d'abord appeler Tommaseo pour lui dire que je n'ai plus besoin de garder Valeria et Loredana sur écoute.

— Attendez, dit Fazio. Et si, par hasard, Valeria tiliphonc à Rosario ?

— Elle ne le fera pas. J'ai compris comment elle se met en communication avec lui.

— Et comment ?

— Avec le portable de la bonne. C'est ce qu'elle a fait le soir où elle a voulu le rencontrer à la carrière. Et pour parler avec Loredana, maintenant, elle le fera en tête à tête.

Il appela Tommaseo puis redonna la parole à Fazio.

— *Dottore*, moi, c'te Rosario, je l'aconnais pas, mais je sais qui c'est.

— Et qui est-ce ?

— Le représentant du clan Cuffaro à Montereale. Bien qu'il soit jeunot, ils ont très confiance en lui.

Il ne s'attendait pas à ça. Pendant quelques secondes, il fixa Fazio, bouche bée.

Puis se reprit.

— Mais ça ne me paraît pas possible que le meurtre de Savastano soit finalement mafieux !

— Pourquoi ? 'ntervint Augello. Passque Guttadauro te l'a dit ? Si ça se trouve, il s'est foutu de ta gueule.

Montalbano secoua la tête, y pinsant un moment.

— Non, articula-t-il enfin. Je suis convaincu que Guttadauro était sincère.

— Et alors ?

Le commissaire garda le silence. Puis il se leva, les yeux ne fixant pirsonne dans la pièce, mais perdus dans le vague, s'approcha de la fenêtre, revint en arrière, s'assit et enfin aux deux hommes qui le regardaient, perplexes, il adéclara d'une voix tranquille :

— Les gars, j'ai tout compris.

— Si tu veux nous faire comprendre à nous aussi… dit Mimì.

— Attention, je vous préviens, mon hypothèse ne repose pas sur des preuves, faite seulement en suivant la logique. Donc, je pars de la conviction que, après le mariage de Loredana avec di Marta, Carmelo Savastano a continué à ennuyer la minote et qu'elle n'en a rien dit à son mari par crainte de ses réactions.

— Il voulait recoucher avec elle ? demanda Mimì.

— Peut-être. Ou plutôt, entre autres. Mais je suis convaincu que, surtout, il lui soutirait de l'argent par le chantage. Sans doute il n'avait pas rendu toutes les vidéos. Vous vous rappelez que di Marta nous a raconté qu'il voulait qu'elle se prostitue avec un type ? Peut-être que ça a vraiment eu lieu et que Savastano l'a filmée. Naturellement, Valeria, l'amie de cœur, est au courant de cette situation. Rosario Lauricella, demi-frère de Valeria, vient de temps en temps la voir et quelquefois il rencontre Loredana. Et pour finir, la fille et Rosario tombent amoureux et deviennent amants. Valeria met à leur disposition une chambre et les tourtereaux se voient trois jours par semaine. Mais à un certain moment, Rosario apprend la situation de Loredana avec Savastano. Je crois que c'est Valeria qui a dû la lui dire.

— Pourquoi Valeria ? demanda Fazio.

— Passque je l'estime la plus intelligente de tous et que je pense qu'au moment où elle en a parlé à son demi-frère, elle avait déjà un plan en tête. Qui consistait à se libérer, d'un coup d'un seul, de Savastano et de Di Marta. Deux mois avant de le mettre à exécution, Valeria prend la précaution de faire semblant de se disputer avec Rosario. Apparemment, elle rompt tout rapport avec lui. Et elle est prudente au point que, apprenant que c'est un gars des Cuffaro, quand elle a besoin de lui parler, elle utilise le portable de la bonne.

— Je ne t'avais pas dit que c'était une virtuose ? remarqua Mimì.

— Et on arrive au moment décisif. Le soir où, en allant chez Valeria, Loredana lui dit que dans son sac à main, elle a 16 000 euros à mettre en dépôt, Valeria tiliphone à la bonne pour lui demander d'appeler Rosario et lui dire d'aller tout de suite via Palermo. Rosario part de Montereale, laisse sa voiture dans les parages, fait un bout de chemin à pied, ne se fait repérer par pirsonne. Pour le moment, il n'a pas d'autre tâche que de se prendre l'argent et de faire l'amour violemment avec Loredana, en lui laissant des traces visibles. Résultat : nous croyons tous que, d'une manière ou d'une autre, Savastano est mêlé à l'affaire et celui qui y croit le plus, c'est di Marta, qui comme ça, adeviendra le suspect n° 1 du meurtre qui doit encore avoir lieu.

— Passe au deuxième épisode, dit Mimì.

— Quand Loredana lui communique qu'elle a donné le nom de Savastano à son mari, Valeria avertit Rosario. Lui, qui fait certainement surveiller les mouvements de Savastano depuis un moment, l'attend avec un complice dans la nuit devant le tripot qu'il fréquente d'ordinaire, l'enlève, l'emmène à la campagne, le descend et met le feu à la voiture. Il veut faire croire à un délit mafieux, mais il s'est trompé dans ses calculs, car la Mafia s'y déclare étrangère.

— Et l'histoire du paquet ? demanda Augello.

— Là, je vais vous expliquer. Valeria se rend compte qu'il n'y a pas de preuves contre di Marta. Il nous en faut une en main, et ça doit être une preuve en béton armé. Alors, il lui vient l'idée de se faire remettre par Rosario le pistolet avec lequel il a tué Savastano, de le nettoyer des empreintes, de le mettre dans une boîte et de te le donner à toi, Mimì.

— Et qu'est-ce que j'aurais dû en faire ?

— Le cacher dans le bureau de di Marta dans le supermarché et puis nous envoyer 'ne lettre anonyme. Nous, on allait perquisitionner et on l'atrouvait. Comme ça, di Marta aurait été baisé pour toujours. Mais Rosario n'a pas confiance, il dit qu'en plus il a jeté l'arme à la mer. Et moi, je pense que c'est vrai ; je le crois pas couillon au point de garder l'arme.

— Tu nous as raconté un très beau roman, observa Augello. Mais comment on fait pour le transformer en réalité ?

— C'est là l'ennui, admit Montalbano. Là, sur le moment, je n'en ai pas la moindre idée. On se verra plus tard, passque, si vous permettez, j'ai un coup de fil privé à passer.

Une fois Fazio et Mimì sortis, il appela la questure de Milan et, après s'être présenté, demanda à parler au vice-questeur Attilio Strazzeri.

Après l'école de commissaire, ils étaient restés longtemps amis et Montalbano lui avait un jour rendu un grand service. Maintenant, il espérait que Strazzeri s'en rappellerait.

— Oh ! Salvo ! Quel plaisir ! Ça fait si longtemps ! Comment ça va ?

— Pas mal. Et toi ?

— Plutôt bien. T'as besoin de quelque chose ?

— Attì, par hasard, tu serais ami avec quelqu'un qui chez vous s'occupe de vols de tableaux, de falsifications d'œuvres d'art, de trucs de ce genre ?

— Très ami. On est plus que des frères. *Sugno io stisso*, c'est moi-même.

Montalbano poussa un soupir de soulagement. Avec Strazzeri, on pouvait parler librement.

DIX-SEPT

— Je voulais avoir des renseignements sur un marchand d'art, si par hasard tu en as entendu parler. Il s'appelle Gianfranco Lariani.

Il n'y eut pas de réponse.

— Allô ? dit le commissaire.

Pas le moindre souffle à l'autre bout du fil. Assailli d'un coup par le complexe de l'orphelin, il sombra dans la panique et se mit à pousser des cris comme un dément.

— Allô ? Il y a quelqu'un ? Allô !

— Qu'est-ce qui te prend ? lança Strazzeri. Je suis là.

— Et pourquoi tu ne parles pas ?

— Parce que ta question m'a pris par surprise. Qu'est-ce qu'elle avait de si surprenant ?

— Alors, tu le connais, oui ou non ?

— Écoute, Salvo, écris-toi ce numéro, c'est celui de mon portable. Dans cinq minutes, rappelle-moi.

Il écrivit le numéro. Il se sentait plutôt éberlué par la réaction de Strazzeri. Puis il rappela.

— Montalbano, je suis.

— Excuse-moi, Salvo, mais j'avais du monde autour de moi. Maintenant, je suis seul et je peux parler. Je le connais, Lariani, qu'est-ce que tu veux savoir ?

— Si c'est quelqu'un de fiable.

Strazzeri éclata de rire.

— Mais bien sûr. Totalement fiable. Il y a quelques années, il a été arrêté et condamné. C'est un récidiviste. Spécialiste de l'exportation d'œuvres d'art volées.

Le monde créé, avec tous ses océans et ses continents, et les humains et les bêtes qui l'habitaient, tomba sur la tête de Montalbano. Une sueur glacée le couvrit de la pointe des cheveux à celle des pieds. Il voulut parler, sans y réussir.

— Allô ? Tu es là ? demanda Strazzeri à son tour.

— Oui, s'efforça-t-il d'articuler. Et comment... comment il opère ?

— Pour l'exportation ? Il utilise diverses méthodes. La plus géniale est celle de la double toile. L'une, de valeur moyenne, exportable, couvre la toile volée, appartenant au patrimoine artistique.

À 99 contre 1, le tableau qu'il remettrait à Marian serait truqué de cette manière. Elle, peuchère, sans rin en savoir, elle le paierait et l'apporterait à Pedicini qui l'embarquerait dans son bateau et bien le bonjour chez vous.

— On le tient à l'œil depuis un moment, poursuivit Strazzeri. Nous pensons qu'il est en train d'organiser un gros coup. En général, il travaille de mèche avec un complice qui a pour mission de gagner la confiance d'un marchand, d'un collectionneur ou d'un galeriste de province et puis…

— Pedicini ? hasarda Montalbano.

Le silence tomba. Nouvellement menacé par la crainte de l'abandon, le commissaire commençait à pousser des cris désespérés quand Strazzeri parla.

— Ah non ! Tu me dis pas tout ! Cher collègue, étant donné que toi, après quelques années de silence, tu m'appelles pour me sortir les noms de Lariani et de Pedicini, je suis sûr que tu as quelque chose à me raconter. Moi, je t'ai dit ce que tu voulais savoir, maintenant, c'est à toi de parler.

Montalbano soupesa le pour et le contre. En un tournevire, il se convainquit sans réserve que la seule manière de tirer Marian de ce guêpier était de la faire collaborer avec Strazzeri. En échange, il pouvait ademander à son ami de ne pas mentionner son nom.

— Et si je t'apporte la tête de Lariani sur un plat d'argent, demanda-t-il, on peut passer un accord, nous deux ?

— Parle, arépondit Strazzeri.

Il lui raconta tout. Ils se mirent d'accord. Et à la fin, Strazzeri lui dit ce qu'il devait faire.

Immédiatement, il appela Marian.

— Salvo, qu'est-ce qui se passe ? demanda-t-elle, alarmée.

— Il se passe que tu étais en train de te mettre dans une sale histoire. Lariani est un truand, il est déjà allé en taule.

— Oh mon Dieu !

— Écoute-moi bien. Maintenant, je vais te donner un numéro de téléphone. C'est celui d'Attilio Strazzeri, vice-questeur à Milan, un ami sûr. Tu l'appelles dès qu'on a fini de parler et tu te mets à sa disposition. C'est clair ?

— Mais qu'est-ce qu'on va me faire ?

Sa voix tremblait, elle était au bord des larmes.

— On ne te fera rien du tout, on ne va pas t'arrêter et ton nom ne sortira en aucune manière, sois tranquille. Tu dois seulement rencontrer Strazzeri et faire ce qu'il te dira. Je t'embrasse. Téléphone-lui tout de suite. Appelle-moi ce soir. Prends le numéro.

Il le lui dicta, se le fit arépéter, raccrocha. Maintenant, il se sentait un peu mieux.

Il ressentit avec force la nécessité de sortir marcher pour faire passer la frayeur qu'il s'était prise. Mais d'abord, il alla voir Fazio.

— Convoque pour quatre heures et demie Valeria Bonifacio. Avertis aussi Augello. On se voit tous les trois dans mon bureau à quatre heures.

Laissant la voiture au parking, il se mit à marcher sans but précis, au petit bonheur. Il ne lui était jamais arrivé de rousiner dans le bourg à cette heure de la matinée. Il s'arrêta devant le magasin pour hommes le plus élégant de Vigàta. Il avait besoin de quelques chemises, mais les prix de celles qui étaient exposées là le mirent en fuite.

Tout à coup, il s'aretrouva devant le rideau de fer baissé de la galerie avec l'inscription « Voleurs ! ». Il le contempla.

S'il n'y avait pas eu ce graffiti...

Un policier municipal qui le connaissait s'arrêta à ses côtés.

— Vous savez quoi, commissaire ? Ce matin, on l'a chopé, le type qui salissait avec sa bombe verte.

— Ah oui ? Et qui c'est ?

— Un pauvre bougre qu'a pas toute sa tête. Il s'appelle Ernesto Lo Vullo. Il a sali la moitié du pays, la façade de l'église, le monument aux morts…

— Et qu'est-ce que vous allez lui faire ?

— Ou bien il paie une prune de 350 euros ou on le défère et il fait quelques jours de taule. Mais où il va le trouver, c't'argent ? C'est un crève-la-faim qui fait la manche, des fois.

Montalbano dit au revoir au policier et fonça à la mairie, demanda à quel bureau il devait s'adresser. Et puis, sous les yeux abasourdis et réprobateurs d'un employé, il paya l'amende en chèque pour le compte de Lo Vullo Ernesto, avant de poursuivre sa promenade.

Il s'arrêta pour scruter la vitrine d'un magasin qui s'appelait Vigàta Electronique. Y étaient exposés des ordinateurs et des choses qui s'appelaient iPod, iPad, iPid, et des magnétophones qui ressemblaient à des téléphones.

Et c'est en fixant ces derniers qu'il lui vint une idée sur la manière de coincer Mme Bonifacio.

Il entra et en acheta un. Le vendeur voulut expliquer à Montalbano comment ça marchait, mais celui-ci lui conseilla de ne pas se donner cette peine, de toute manière, il n'y comprendrait rin même si l'inventeur en pirsonne le lui expliquait. Il demanda de ne pas l'empaqueter et le glissa dans sa poche avec le mode d'emploi, paya et décida qu'était venue l'heure de se rendre à la trattoria.

Chez Enzo, il mangea sans enthousiasme. Son esprit était à Milan, près de Marian.

Il était sûr d'avoir fait ce qu'il fallait, mais jusqu'à ce que l'affaire se termine, on ne pouvait être sûr de rien. Il voulut l'appeler, mais il craignit que son appel ne tombe mal. Il aurait donné n'importe quoi pour être près d'elle à ce moment-là.

Il sortit de la trattoria qu'il était trois heures, mais il n'avait pas envie de faire la promenade habituelle jusqu'au môle, il avait assez marché comme ça. Il s'en retourna au commissariat.

Il s'arrêta devant Catarella, sortit le dictaphone.

— Tu sais le faire marcher ?

— Hypercertainement, *dottori*.

— Et pour écouter l'enregistrement, comment on fait ?

— *Dottori*, ou bien on le met dans l'ordinateur, ou il faut les écouteurs.

Le vendeur ne lui avait pas parlé des écouteurs.

— Tu peux aller m'en acheter au magasin qui s'appelle Vigàta Electronique ?

Catarella regarda sa montre.

— Ça rouvre dans une demi-heure.

— Combien ça coûte ?

— 30 euros, ça suffira. Je vous prends ce qu'y a de mieux.

— Je les veux au plus tard à quatre heures un quart, dit Montalbano en lui donnant l'argent.

La réunion avec Augello et Fazio acommença à quatre heures précises. C'était à lui de parler.

— Écoutez-moi bien. J'ai décidé de tendre un piège à Mme Bonifacio. C'est la seule manière dont nous disposons pour qu'elle se trahisse. Le piège opère en trois phases. Première phase, Valeria arrive et nous sommes là, Fazio et moi. Je parle avec elle cinq minutes, puis c'est la deuxième phase. Ça veut dire que toi, Mimì, tu frappes et tu entres. Et je te présente comme le commissaire-adjoint Augello. Nous parlons du paquet. Elle dira qu'elle voulait faire une surprise et que, dans le paquet, il y avait juste un petit cadeau. À c'te point, je passe à la troisième phase.

— Et qu'est-ce que c'est ?

— Je ne te le dis pas.

— Et pourquoi ?

— Passque d'après moi il vaut mieux que vous réagissiez spontanément.

La porte du bureau s'ouvrit à la volée en faisant un fracas de bombe quand elle cogna contre le mur.

— La main me glissa, dit Catarella, planté sur le seuil, la mine vergogneuse.

Fazio le fixa d'un œil mauvais, celui de Montalbano était plein de colère et celui d'Augello lançait des éclairs.

Aparalysé par ces regards, Catarella, qui avait une boîte à la main, ne bougea pas.

— Entre.

— Les écoucou... les écou...

— Pose-les sur le bureau et va-t'en.

Montalbano ouvrit la boîte, en tira les écouteurs, les libéra du Cellophane, les glissa dans un tiroir, jeta la boîte dans la corbeille à papiers.

— Ça fait partie du piège, expliqua-t-il.

— Je veux savoir avec précision quand je dois entrer, dit Augello.

— Mimì, dès que Catarella nous dit que Valeria est arrivée, tu retournes dans ton bureau, tu comptes jusqu'à 500 et puis tu frappes.

À ce moment, le tiliphone sonna.

— *Dottori*, il y aurait qu'il y a sur les lieux la madame Benefaccio.

— C'est elle, en avance, annonça Montalbano.

Mimì se leva et disparut.

— Fais-la venir.

Valeria était en grande forme. Elle s'était mise sur son trente et un et maquillée, elle portait un tailleur moulant, tout sourires dehors. Mais, quoiqu'elle ne le laissât pas voir, elle devait se ronger d'inquiétude à cause de cette convocation.

— Asseyez-vous, madame, dit le commissaire.

Valeria s'assit au bord du siège, sourit aussi à Fazio. Puis elle lança un regard interrogateur à Montalbano en inclinant légèrement la tête sur le côté. L'image de la 'nnocence pirsonnifiée

— Comme vous le savez peut-être déjà, le juge des libertés n'ayant pas encore confirmé la mise en détention de Salvatore di Marta, le procureur a demandé un supplément d'enquête. Je ne crois pas que nous ayons encore quoi que ce soit à découvrir, tout est clair désormais, mais nous devons néanmoins exécuter les ordres.

Valeria se détendit visiblement, s'assit mieux sur le siège.

— Je vous ai tout dit de ce qu'il y avait à dire, répondit-elle.

— Je ne le mets pas en doute. Vous avez été sincère et loyale avec moi et moi j'agirai de la même manière à votre égard. Donc, répondez tranquillement à mes questions.

— Très bien.

— Connaissez-vous un certain avocat, Diego Croma ?

Valeria eut un frémissement qui parcourut tout son corps, 'ne espèce de secousse électrique, mais elle se reprit.

— Oui, mais je ne vois pas ce que…

Comme si les temps avaient été chronométrés, on frappa à la porte.

— Entrez, lança le commissaire.

Mimì Augello parut, souriant. Ce fut 'mpressionnant de voir comment changea l'expression de Valeria. Pendant un instant, elle s'assombrit, l'air torve, renfrogné. Elle était en train de s'efforcer d'acomprendre ce que signifiait la présence de l'avocat.

— Je vous présente le commissaire-adjoint Augello, dit Montalbano.

La réaction de Valeria prit tout le monde à l'improviste. Son expression redevint souriante.

— Salut. Quel besoin avais-tu de te présenter sous un faux nom ? Tu m'aurais plu pareil en flic.

Mimì, confus, ne répliqua pas. Mentalement, Montalbano ne put s'empêcher de la féliciter. Quelle femme extraordinaire ! Elle avait un sang-froid exceptionnel. Avec quelqu'un comme elle, il fallait marcher sur des œufs.

— Vous pouvez me dire ce qu'aurait contenu le paquet que vous aviez l'intention de donner au *dottor*

Augello et qu'il aurait dû à son tour cacher dans un endroit non spécifié ?

Valeria rit.

— Mais qu'est-ce que vous voulez qu'il contienne ! Un collier. Je voulais faire une surprise à Loredana, qu'elle le trouve quand elle irait dans le bureau du supermarché !

— Pourquoi avez-vous changé d'idée ensuite ?

— Parce que je ne voulais plus avoir à faire avec Me Croma, ou le *dottor* Augello, je ne sais pas comment l'appeler. Notre relation était en train de prendre une tournure trop... intime et j'ai préféré rompre.

Montalbano avait prévu c't'explication. Il ne lui restait plus qu'à passer à la troisième phase, celle qui résoudrait tout.

— Madame, l'autre soir, après minuit, nous croyons savoir que vous avez rencontré un homme.

— Ça fait des mois que je ne sors pas le soir.

— Madame, je dois vous dire pour commencer que depuis quelques jours vos téléphones sont sur écoute et que...

Valeria réagit au quart de tour.

— Je vous mets au défi de me faire écouter le coup de fil dans lequel j'aurais donné un rendez-vous à un hypothétique...

— Je ne peux pas vous le faire écouter, puisque vous avez utilisé le portable de votre femme de ménage.

Le coup porta, mais Valeria encaissait bien. Elle rendit aussitôt le coup.

— Vous l'avez rêvé, ce n'est pas vrai. Et quoi qu'il en soit, ma bonne ne l'admettrait jamais, pas même sous la torture.

— Je vous avertis que nous savons avec une certitude absolue que vous avez rencontré un homme.

— Et même si je l'avais fait, ça ne me paraît pas un délit. J'ai aussi rencontré Me Croma. Ce n'est pas vrai, maître ?

— Non, ce n'est pas un délit. Nullement. Mais je voudrais vous poser une question. Vous rappelez-vous pour quelle raison cet homme et vous avez été contraints d'interrompre précipitamment votre dialogue dans la carrière et de vous enfuir chacun dans sa voiture ?

— Comment pourrais-je m'en souvenir si je n'ai rien à voir avec ça ?

— Alors, je vais vous le remettre en mémoire. Quelqu'un, pas loin, a éternué.

Valeria blêmit. Fazio et Augello échangèrent un regard stupéfait. Montalbano continua.

— Ce quelqu'un, c'était moi. J'ai émis quatorze éternuements. Vous voulez les entendre ?

Il tira de sa poche le dictaphone et le posa sur le bureau. Prit dans le tiroir les écouteurs et les tendit à Valeria.

— Avant cette série d'éternuements, vous pourrez aussi écouter, enregistrée, toute votre conversation. Vous vouliez le pistolet avec lequel cet homme, suivant un plan conçu par vous, avait tué Carmelo Savastano, pour le mettre dans une boîte et le faire cacher par le *dottor* Augello ici présent, dans le bureau de la direction du supermarché. Une fois qu'on l'aurait découvert, di Marta aurait été à coup sûr condamné.

Valeria ne broncha pas. Elle était devenue comme une statue de plâtre. Mais 'ne statue qui vibrait légèrement.

— Naturellement, poursuivit le commissaire, nous avons identifié l'homme. Il s'appelle Rosario Lauricella, votre demi-frère, amant de Loredana di Marta. Vous aviez généreusement prêté au couple une chambre de votre villa pour ses rendez-vous trois fois par semaine. C'est dans cette chambre que s'est consommé le pseudo-viol de Loredana.

Valeria était comme la corde d'un arc tendu à l'extrême. Le commissaire décida de la déclencher.

— Vous savez quoi ? Rosario a menti. Il vous a dit qu'il s'est débarrassé du pistolet en le jetant à la mer et, en fait, ce n'était pas vrai. Nous l'avons découvert chez lui, il y a deux heures, quand nous sommes venus l'arrêter. Devant une preuve aussi indiscutable, il s'est effondré et il vous a dénoncée. Il nous a dit que c'est vous qui aviez tout organisé. C'est pourquoi il a...

Il n'aréussit pas à finir.

Valeria bondit sur ses pieds en essayant de lui griffer le visage de ses doigts brandis comme des serres. Montalbano s'écarta tandis que Fazio et Augello l'agrippaient au vol.

— C'te con ! C't'imbécile ! Je lui avais dit de me le donner à moi, ce pistolet ! Mais *iddro*, lui, il sait que tuer et baiser ! Et maintenant, y nous fait tous plonger !

Elle lançait des coups de pied à l'aveuglette comme une mule.

Mimì fut mis hors de combat par un coup dans les roubignoles.

Au bruit, accoururent Gallo et un autre agent qui enfin réussirent à la maîtriser.

Tandis qu'on l'emmenait en cellule, bouche écumante, jurant comme une damnée, elle accusait Loredana d'avoir tout organisé.

— Félicitations, dit Augello.

— Mais, remarqua Fazio, j'acomprends l'intérêt de Loredana, j'acomprends l'intérêt de Rosario, mais j'arrive pas à comprendre quel était celui de Valeria.

— En l'occurrence, moi non plus, annonça Mimì.

— D'abord, dit Montalbano, il y a un intérêt économique. Une fois di Marta condamné, Loredana pratiquement adevenait l'héritière unique de ses richesses. Et elle aurait récompensé abondamment son amie qui lui avait concocté ce plan génial pour la débarrasser de son mari, la rendre riche et lui donner la possibilité de profiter de son amant. Et puis, je suis persuadé que l'amitié de Valeria pour Loredana était 'ne espèce d'amour. Elle haïssait di Marta seulement parce qu'il s'était pris Loredana en l'achetant. Elle savait qu'avec ce mari beaucoup plus vieux qu'elle, Loredana souffrait. Pour la voir heureuse, elle aurait fait n'importe quoi. Mais je ne crois pas qu'elle avouera jamais ça.

— À propos, demanda Fazio, quand est-ce que vous pensez enregistrer ses aveux ?

— Vas-y tout de suite, dit Montalbano. Et vas-y, toi aussi, Mimì. Si nous lui laissons le temps de se calmer et de réfléchir, elle est capable de changer les cartes sur la table. Ensuite, Mimì, tu vas chez Tommaseo, tu lui remets les aveux et tu te fais donner un mandat d'arrêt contre Loredana et un contre Rosario Lauricella.

Les deux hommes sortirent. Il jeta un coup d'œil à sa montre. Cinq heures trente. Un record.

À c't'heure, que faisait Marian ?

Il attendit jusqu'à neuf heures, toujours plus nerveux. Comment était-il possible que Fazio et Mimì ne se manifestent pas ? Et si entre-temps, Marian l'appelait à Marinella et ne le trouvait pas ?

Peut-être que Tommaseo avait soulevé quelque difficulté ?

Le premier à revenir fut Augello.

— Tommaseo a été efficace. Il n'a pas perdu une minute. Il a émis les deux mandats d'arrêt. Fazio s'est chargé d'arrêter Loredana. Moi, j'ai donné un coup de main aux gens de la Criminelle.

— Vous l'avez attrapé, Rosario ?

— Non. On a l'impression qu'il s'est mis en cavale.

— Il y a une explication possible. Valeria a dû l'avertir, avec le portable de sa bonne, qu'elle avait été convoquée ici et lui, pour une raison ou une autre, il s'est mis en cavale.

— Ça va être difficile de l'attraper, dit Augello. Comme c'est un homme des Cuffaro, ils vont le protéger.

— C'est comme ça que tu le vois ?

Fazio arriva.

— Comment ça s'est passé avec Loredana ?

— Je l'ai prise au supermarché.

— Elle a fait du bordel ?

— Oh que non, d'abord passque je lui ai pas dit qu'elle avait un mandat d'arrêt, je lui ai dit que le proc' Tommaseo voulait la voir tout de suite. Elle a appelé la vendeuse en chef, lui a demandé de s'occuper de la fermeture et elle est venue avec moi. Je ne crois pas que les clients s'en soient aperçus. Mais j'ai eu l''mpression qu'elle s'y attendait.

— Peut-être que Valeria, en plus de Rosario, l'a avertie, elle, de sa convocation.

— Ça a été une bonne journée, dit Fazio.

— Oui. Et je vous en remercie. Mais maintenant, si vous permettez, je file à Marinella. Il s'est fait tard.

DIX-HUIT

Il arriva à toute blinde devant la porte de chez lui pour entendre que ce maudit tiliphone sonnait. Il voulut prendre les clés qu'en général il gardait dans la poche gauche de sa veste et ne les atrouva pas.

Le tiliphone cessa de sonner.

Jurant et suant, il fouilla l'autre poche. Rin.

Le tiliphone se remit à sonner.

Il ouvrit la portière de la voiture, scruta l'intérieur. Pas de clés. Elles étaient certainement tombées au bureau, quand il avait sorti le dictaphone de sa poche.

Il voulut faire une tentative. Il descendit sur la plage, contourna la maison, grimpa sur la véranda, poussa la porte-fenêtre. Elle était bien fermée de l'intérieur.

Le tiliphone sonna, comme pour se payer sa tête.

Il retourna en arrière au pas de course, monta en voiture, repartit pour Vigàta pareil qu'un type qui s'est bu une bouteille de vin. Sur le trajet, il risqua dix accidents et quatre bagarres au dernier sang, se gara, entra et fut bloqué par Catarella.

— Ah, *dottori* ! Heureusement que vous êtes là !
Sainte Mère, ça fait un moment que je vous appelle
au tiliphone !

— C'était toi qui appelais ?

— Oh que oui.

Il poussa un soupir de soulagement. Ce n'était pas
Marian.

— Et pourquoi ?

— Passque je voulais vous avertir en vous faisant
l'avertissement que vous avez oublié les clés ici, au
bureau.

— Attends, Catarè, si tu savais que j'avais oublié
les clés, comment je pouvais, moi, arépondre au tiliphone ?

— Pardonnez-moi, mais comment je pouvais savoir,
moi, que vous étiez dans l'impossibilité impossible de
me répondre ?

Montalbano rendit les armes.

— C'est bon, donne-moi les clés, répondit-il.

Une fois rentré à la maison, il se promit de ne pas
aller regarder ce que lui avait préparé Adelina tant
qu'il n'aurait pas de nouvelles de Marian.

Il alla s'asseoir dans la véranda. Il était dans les
dix heures moins cinq. Il adécida d'attendre jusqu'à
dix heures, si à cette heure-là Marian ne l'avait pas
appelé, il tiliphonerait, lui.

L'appareil sonna à cet instant précis. C'était Livia.
Il ne put s'empêcher d'éprouver un peu de déception.

— Comment tu te sens ? lui demanda-t-il tout de
suite.

Je ne sais pas.

— Qu'est-ce que ça signifie ?

— Salvo, comme je t'ai dit, j'étais en proie à une angoisse oppressante, obscure, un poids insupportable. Et puis, vers six heures du soir, l'angoisse a disparu d'un coup.

— Ah, enfin !

— Juste après est arrivée une espèce de résignation, comme s'il n'y avait plus rien à faire, comme si ce que je craignais était irrémédiablement arrivé. Le tout accompagné d'un sentiment de vide impossible à combler, très douloureux. Tu vois, le même que quand on a eu un deuil. Il ne me restait plus qu'à pleurer. Et je n'ai fait que ça. Mais, en pleurant, j'ai ressenti une espèce de réconfort.

— Naturellement, bien que tu me l'aies promis, tu n'es pas allée voir le docteur.

— Je ne crois pas qu'il y en ait encore besoin.

— Allez ! Tu es dans cet état et tu ne…

— Crois-moi, Salvo, je m'en sortirai, je le sens. Avec peine, avec douleur, mais j'en sortirai. Maintenant, je te dis au revoir. Je n'ai pas envie de parler, ça me fatigue. J'ai juste envie de rester au lit. On s'appelle demain.

Malgré tout, il se rasséréna. Il avait entendu dans la voix de Livia une note qui le faisait espérer.

Il était maintenant dix heures et demie. Montalbano était agité, il ne pouvait pas attendre davantage, il appela le portable de Marian.

Dans sa nervosité, il se trompa deux fois en faisant le numéro. À la troisième, enfin, il y parvint.

— Mon commissaire, j'allais t'appeler.

— Comment tu te sens ?

Il nota qu'il avait utilisé les mêmes mots qu'avec Livia.

— Bien, maintenant. Après la grande peur que tu m'as fait prendre ce matin...

— Excuse-moi, mais...

— Je ne te fais pas de reproches, Salvo. Au contraire.

— Allez, raconte-moi.

— Strazzeri est une personne vraiment merveilleuse. Il m'a mise à mon aise.

— Raconte-moi tout par le menu.

— Quand je lui ai téléphoné, il a eu la gentillesse de venir chez moi. Il m'a demandé de tout lui raconter, dans les moindres détails, il a un peu réfléchi et puis m'a dit d'appeler Lariani en lui posant un ultimatum : ou bien il me disait quelque chose de définitif d'ici six heures du soir, ou bien je laissais tout tomber.

— Et Lariani ?

— Il a un peu plaisanté, il m'a reproché mon impatience puis m'a dit qu'il me rappellerait à dix-huit heures.

— Et il l'a fait ?

— Oui. Il m'a donné rendez-vous demain matin à onze heures chez lui. Il me montrera la toile qu'il dit avoir trouvée mais que, d'après Strazzeri, il devait se faire redonner par la personne chez qui il l'avait cachée.

— Tu as informé Strazzeri ?

— Il était avec moi quand j'ai reçu le coup de fil ! Qu'est ce que vous avez décidé pour la suite ?

— Demain matin, à onze heures, j'irai chez Lariani seule. S'il me montre la bonne toile, c'est-à-dire celle qui est maquillée, Strazzeri m'a expliqué comment le vérifier sans éveiller de soupçons, je n'ai qu'à presser le bouton d'un bip que j'aurai en poche. À ce moment, ils feront irruption. Un agent a mission de m'emmener.

— Mais comment ils vont justifier ta présence au procès ?

— Dans son rapport, Strazzeri écrira que je suis un agent sous couverture, dont il ne peut révéler l'identité.

— Excellent, non ?

— C'est l'impression que j'ai aussi.

Juste après, Montalbano fut pris d'un doute.

— Tu penses que tu arriveras à affronter Mariani ?

— J'y arriverai, ne t'inquiète pas.

— Ça ne peut pas être dangereux pour toi ?

— Strazzeri et ses hommes seront dans le voisinage immédiat. Au moindre signe de danger, il me suffira d'appuyer sur le bouton.

— Écoute, s'il te plaît, dès qu'ils t'emmènent, envoie-moi un message sur le portable.

— D'accord. Salvo, n'aie pas peur, pour pouvoir me sortir de ça, je serai courageuse et déterminée. Et merci, mon commissaire, de m'avoir sauvée. Mais comment tu as pu penser que Lariani n'était pas ce qu'il avait l'air d'être ?

Il lui raconta l'histoire du graffiti sur le rideau de fer.

— Et ce Pedicini ! s'exclama Marian. Il avait l'air si respectable ! Et comme il s'est bien débrouillé pour conquérir ma confiance ! Il a dépensé une fortune !

— Visiblement, le tableau que tu lui aurais apporté de Milan a une valeur inestimable.

Mais Marian pinsait déjà à autre chose.

— Il y a un vol demain après-midi à dix-sept heures pour Palerme. Demain soir, on dîne ensemble ? Tu es libre ?

— Je crois vraiment, oui.

— Mon commissaire, je compte les heures. Je suis heureuse. Et demain soir je le serai encore plus. Ça te va, à vingt et une heures chez toi ?

— Ça me va très bien.

— Et si par hasard, j'arrive en retard, tu me jures que tu m'attends ?

— Je te le promets.

Quand le coup de fil fut terminé, il se dirigea vers la cuisine en chantant la marche d'*Aïda*. Il adécida de faire un jeu. Fermer les yeux et deviner à l'odeur ce qu'Adelina lui avait préparé. Le réfrigérateur puait le vide. Il ouvrit le four et ses narines s'emplirent 'mmédiatement d'un duo de parfums enivrants. Il ne lui fallut pas longtemps pour les distinguer l'un de l'autre : tagliatelles en sauce à la viande et aubergines à la parmesane. Peut-on réclamer autre chose de la vie ?

Il mangea dans la véranda en prenant tout son temps, car il voulait regarder le journal de minuit. Quand il eut fini, il débarrassa, alluma la télévision et se cala dans le fauteuil, cigarettes à portée de main. Il vit une série de pubs, puis on diffusa le sigle du journal et Zito apparut.

Commençons par une nouvelle qui nous est arri-
vée à la fin du journal de dix heures et que nous
n'avons donc pas pu vous donner. Le juge des liber-
tés n'a pas avalisé la mise en détention de Salvatore
di Marta pour le meurtre de Savastano. Au même
moment, on a appris que le procureur Tommaseo ne
fera pas de recours et donc di Marta a été immé-
diatement remis en liberté. Cependant, le dottore
Tommaseo a tenu à préciser que di Marta reste
mis en examen. Mais à ce point, il est clair que si
les enquêtes ultérieures n'apportent pas de preuves
solides de la culpabilité de di Marta, toute accusa-
tion sera levée à son encontre et l'enquête repartira
dans le brouillard.

Une autre nouvelle importante n'a pas encore été
confirmée officiellement. Le bruit court que la chasse
aux trois immigrés qui dure maintenant depuis des
jours a connu un épilogue partiel. Il semble que deux
d'entre eux aient été arrêtés. Ils n'ont pas répondu
aux questions des enquêteurs, se renfermant dans un
mutisme absolu. Du troisième, celui qui était armé
d'une mitraillette et qui serait blessé, on ne sait rien.
Dès que nous aurons des nouvelles plus solides sur
cette affaire qui, à notre avis, présente des aspects
obscurs, nous ne manquerons pas d'informer nos télé-
spectateurs.

Un accident mortel a eu lieu vers seize heures
aujourd'hui sur la provinciale...

Il éteignit. Donc, pirsonne ne savait encore que
l'enquête sur le meurtre de Savastano était close.

Tommaseo avait eu l'habileté de dire que di Marta était encore soupçonné, c'était manifestement une manœuvre pour tranquilliser Rosario dans sa cavale et lui faire faire un faux pas.

Les paroles de Mimì lui revinrent à l'esprit : il serait difficile de l'attraper passqu'il avait la protection des Cuffaro. Sauf que les Cuffaro ignoraient encore la vérité. Mais… Mais il y avait un moyen de la leur faire connaître.

Il sourit à cette idée. Jeta un œil à sa montre. Minuit vingt. Trop tôt. Au minimum, il devrait appeler à une heure. Il rousina dans la maison, puis adécida de se prendre une douche et de se préparer pour la nuit.

Quand il alla décrocher, il était 1 h 10. Il composa le numéro.

— Allô ? Qui est à l'appareil ? arépondit une voix masculine ensommeillée et irritée.

— Je parle avec Me Guttadauro ?

— Oui, qui est à l'appareil ?

— Montalbano, je suis.

Le ton de Guttadauro changea soudain.

— Très cher commissaire ! À quoi dois-je…

— Pardonnez-moi si je vous appelle à cette heure, je vous ai certainement réveillé, mais comme je suis en partance, je me suis dit que vous appeler aux premières lueurs de l'aube aurait été pire.

— Mais non, ne vous excusez pas ! Vous avez bien fait !

L'avocat mourait d'envie de savoir le motif de cet appel, mais il ne voulait pas prendre l'initiative.

Et Montalbano en rajouta.

— Comment ça va ?

— Bien, bien. Et vous ?

— Pas mal, mais depuis quelques jours, j'ai des démangeaisons désagréables.

Fort poliment, Guttadauro s'abstint de lui demander où ça lui démangeait.

— Vous me disiez que vous étiez en partance, dit-il plutôt. Où donc allez-vous ?

— Je prends quelques jours de vacances, maintenant que l'enquête sur le meurtre de Savastano est close.

— Comment, close ? demanda Guttadauro, étonné. Si di Marta a été remis en liberté tout en restant mis en examen, cela signifie que l'enquête ne…

— Maître, cela m'étonne de votre part, avec toute l'expérience que vous avez ! Permettez-moi d'insister, si je vous dis qu'elle est close, c'est qu'elle est close.

— Et qui serait l'assassin ?

— Ah non, maître, là-dessus, il y a le secret de l'instruction !

— Mais vous ne pourriez pas…

— Maître, vous plaisantez ?

— Je n'insiste pas. Mais alors…

— Alors quoi ?

Guttadauro était sur le point de craquer.

— Non, je voulais dire…

— Dites-moi, maître.

Montalbano se régalait. Guttadauro craqua.

— Alors, pourquoi m'avez-vous téléphoné ?

— Ah oui. J'allais oublier.

Et il se mit à rire.

— Pourquoi riez-vous ? demanda l'avocat, soudain nerveux.

— Vous vous rappelez cette petite histoire que vous m'avez racontée l'autre jour ? Celle du chasseur de lions ? Voilà, ce soir justement, on me l'a racontée de nouveau, mais avec une variante notable.

— Et ce serait quoi ?

— Ben, avant tout, ces chasseurs ne se trouvaient pas dans une zone où la chasse au lion était interdite.

— Et qu'est-ce que ça a comme conséquence ?

— En conséquence, un nouveau chasseur, très jeune, de Montereale, qui venait juste d'entrer dans la compagnie, et pas un indigène quelconque, comme dans votre version, tue un lion de sa propre initiative, à l'insu des autres chasseurs, et puis s'arrange pour que la faute de l'abattage retombe sur ses compagnons de chasse et non sur lui. Je me suis fait comprendre ?

Guttadauro marque une pause avant d'arépondre. Il essayait de saisir le sens des paroles du commissaire. Puis y arriva. Il dit seulement :

— Ah.

— Je me suis fait comprendre ? répéta Montalbano.

— Vous vous êtes très bien expliqué, rétorqua Guttadauro, brusque.

— Alors, il ne me reste plus qu'à vous souhaiter un bon sommeil réparateur.

C'était fait. Guttadauro était certainement déjà au tiliphone pour avertir que Rosario avait fauté. Et maintenant, le destin du garçon était scellé.

S'il ne se rendait pas à la justice, ses ex bons petits camarades le tueraient.

Il alla se coucher et s'endormit à peine allongé.

La sonnerie du tiliphone le tira d'un véritable abîme. Il alluma, il était six heures du matin. Il alla répondre.

— Montalbano ? C'est Sposìto.

Le commissaire s'étonna. Qu'est-ce qu'il voulait de lui à cette heure ?

— Dis-moi.

— Tu pourrais être prêt dans une demi-heure ?

— Oui, mais…

— À six heures et demie, je passe te prendre.

Et il mit fin à la communication. Montalbano resta, combiné en main, blême. Que s'était-il passé ? Inutile de se poser des questions, le mieux était de se préparer et en vitesse. Il ouvrit la fenêtre. Observa le ciel.

La matinée serait changeante et capricieuse. Et donc, par contagion, son comportement serait au strict minimum instable.

Il alla se mettre sous la douche. À six heures et demie, il était prêt. Une minute plus tard, on frappa. Il ouvrit. Un agent le salua. Il sortit, ferma la porte. Sposìto le fit asseoir à côté de lui, à l'arrière. L'agent se mit au volant et ils partirent.

— Qu'est-ce qui se passe ? demanda Montalbano.

— Je préfère ne rien te dire jusqu'à ce que nous soyons arrivés, dit Sposìto.

C'était quelque chose qui concernait les Tunisiens dont on disait qu'ils avaient été arrêtés la veille ? Et si oui, pourquoi Sposìto le mêlait-il à ça, après avoir tout fait pour le tenir à l'écart ?

Ils quittèrent la provinciale, prirent des drailles juste bonnes pour des chars d'assaut ou alors de petites routes un peu moins larges qu'une voiture. Le ciel était passé du rose clair au gris et puis, du gris, il s'était converti à un azur pâle pour s'arrêter momentanément sur un blanchâtre laiteux qui effaçait les contours et trompait la vue.

Depuis un moment, Montalbano avait compris où ils se dirigeaient.

— On va à la campagne Casuzza ? demanda-t-il.

— Tu connais l'endroit ? répliqua Sposìto.

— Oui.

Il y avait été deux fois, la première en rêve, pour découvrir un cercueil, la deuxième pour voir 'ne voiture brûlée avec dedans un homme assassiné. Qu'est-ce qu'il allait lui faire voir, cette fois, Sposìto ?

Dès qu'ils furent arrivés, Montalbano se pétrifia.

Exactement à l'endroit où s'était trouvé le cercueil dans son rêve, il y en avait un vrai, ressemblant comme deux gouttes d'eau à celui dont il avait rêvé. Un cercueil pour morts de troisième classe, pour les plus miséreux, en bois grossier sans même une couche de peinture.

Un bout de tissu blanc dépassait du couvercle mal posé.

À quelque distance, il y avait une autre voiture de service avec trois agents à l'intérieur et un véhicule noir, de ceux des transports funèbres. Les deux employés fumaient en allant et venant à côté du corbillard.

Un silence total régnait. Montalbano serra les dents. Ils était en train de vivre une espèce de cauchemar. Il lança un coup d'œil interrogateur à Sposìto. Alors, celui-ci lui posa un bras sur l'épaule, dans un geste affectueux, et l'attira à l'écart :

— Dans le cercueil, il y a un des trois Tunisiens. J'ai reçu l'ordre de renvoyer le cadavre en Tunisie. Mais avant de le faire, j'ai voulu que tu le voies. Ce n'était pas un trafiquant d'armes, c'était un patriote. Il est mort des suites de la blessure subie lors de la fusillade, tout à fait involontaire, avec mes hommes. Je le suivais depuis un moment, je savais tout de lui, même sa vie privée. Il était insaisissable. Quand tu le verras, tu comprendras pourquoi je ne voulais pas t'avoir sur le dos. C'est lui qui t'a reconnu, ce jour-là, quand il était posté dans le fenil. Il te regardait avec des jumelles.

La lame de lumière qui l'avait frappé dans les yeux.

Confusément, Montalbano acommença à comprendre mais se refusa de continuer. Il n'arrivait pas à bouger. Sposìto le poussa doucement vers le cercueil.

— Courage, dit-il.

Le commissaire se pencha, prit entre pouce et index de la main droite le bout de tissu et le tira encore un peu au-dehors. Ainsi put-il voir, brodées et entrelacées, les lettres F et M.

Ses jambes se dérobèrent, il tomba à genoux.

F et M. François Moussa. Ces initiales, il les avait fait broder lui-même sur six chemises qu'il avait offertes à François pour ses 21 ans. La dernière fois qu'il l'avait embrassé.

— Tu veux le voir ? lui demanda Sposìto à l'oreille.

— Non.

Et s'il voulait se le rappeler de temps en temps, il lui suffirait de cette fois où, minot de 10 ans, il s'était enfui de la maison de Marinella. Livia, qui le considérait désormais comme un fils, avait donné l'alarme et il lui avait couru après sur la plage, l'avait rejoint et stoppé. Ils avaient parlé. François voulait sa mère Karima, qui était morte, et alors il lui avait raconté que lui aussi était resté orphelin de mère quand il était encore plus petiot que François et il lui avait arévélé des choses qu'il n'avait dites à pirsonne, pas même à Livia. Et de ce moment, ils s'étaient compris.

Puis, avec le passage des ans, étaient survenus l'éloignement, le détachement…

Il n'avait plus rin à faire ou à dire devant ce cercueil. Il se releva en s'appuyant sur le bras de Sposìto.

— Tu peux me faire raccompagner ?

— Bien sûr.

— Écoute, Pasquano est déjà venu ?

— Oui.

— Il a pu établir l'heure de la mort ?

— Approximativement, six heures de l'après-midi, hier.

— Merci pour tout, dit Montalbano en montant en voiture.

Six heures.

Puis, vers six heures du soir, l'angoisse a disparu d'un coup, après est arrivée une espèce de résignation, comme s'il n'y avait plus rien à faire…

Livia avait ressenti, sans le savoir, l'agonie et la mort de François, dans son âme et dans sa chair, comme celle d'un fils qu'elle aurait mis au monde. Ce fils que lui, par égoïsme, par peur des responsabilités, n'avait pas voulu qu'ils adoptent. Combien

Livia en avait souffert. Mais lui, il était resté ferme dans son refus.

Et maintenant, il savait enfin ce qu'il devait faire. Par sa mort, François le liait à Livia et liait Livia à lui plus que s'ils avaient été mariés.

Arrivé à Marinella, il tiliphona à la questure pour ademander dix jours de congé. Il en avait tant en retard, qu'ils furent heureux d'accepter. Puis il réserva une place sur le premier vol pour Gênes, qui était à deux heures de l'après-midi. Enfin, il appela Fazio, lui dit que Livia n'allait pas bien et qu'il allait passer quelques jours avec elle. Il s'assit dans la véranda, fuma quelques cigarettes l'une après l'autre en pinsant à François. Puis il se leva, s'essuya les yeux de la manche, alla préparer sa valise sans se presser.

Ce soir-là à neuf heures, Marian frappait longtemps à une porte dont elle ignorait qu'elle ne s'ouvrirait jamais plus pour elle.

POCKET N° 16650

*Saurez-vous
entendre le murmure
des âmes perdues ?*

Elena PIACENTINI
DES FORÊTS
ET DES ÂMES

À la PJ de Lille, la consternation s'est emparée de la section homicide. La discrète et cybertalentueuse Aglaé lutte entre la vie et la mort, victime d'un chauffard en fuite. Accident ? Le commandant Leoni et son équipe doutent... car le passé de la jeune flic leur révèle plus d'une zone d'ombre. Pourquoi ce soudain intérêt pour une sombre clinique nichée dans la forêt vosgienne, dont trois jeunes pensionnaires se sont récemment échappés ?

Retrouvez toute l'actualité de Pocket :
www.pocket.fr

POCKET N° 16906

« *Un sens du suspense et du rythme magistral.* »

The Sun

Fredrik T. OLSSON
SÉQUENCE

William Sandberg, grand mathématicien, n'est plus que l'ombre de lui-même depuis le décès de sa fille. Toutefois ses compétences intellectuelles dépassent de loin son aura, et les membres d'une organisation secrète le kidnappent afin qu'il décrypte un message. William rencontre alors l'archéologue Janine Haynes, elle aussi retenue contre sa volonté. Ensemble ils réalisent que le message crypté est lié à des recherches sur un dangereux virus, impliquant des expérimentations sur des cobayes... humains.

Retrouvez toute l'actualité de Pocket :
www.pocket.fr

POCKET N° 16959

POCKET

« Ma claque littéraire
de ces dernières années ! »
Franck THILLIEZ

*« On plonge dans
ce roman noir du
Québécois Patrick
Senécal comme on le
ferait d'un pont : en
chute libre. Glaçant ! »*

Femina

Patrick SENÉCAL
LE VIDE

Drummondville, Québec. « Vivre au max », une nouvelle émission de téléréalité, défraie la chronique. Son fondateur, le milliardaire Max Lavoie, a tout quitté pour se lancer dans ce projet. Il s'est attiré les foudres de la commission de censure et a choqué les âmes sensibles en proposant de réaliser en direct les rêves les plus fous des candidats. Quel fantasme délirant les participants vont-ils demander à l'animateur de réaliser ? La télé-réalité va-t-elle dépasser la fiction ? Prenez garde mesdames et messieurs : plus loin vous repousserez les limites, plus longue sera la chute... dans le vide.

Retrouvez toute l'actualité de Pocket :
www.pocket.fr

Découvrez
des milliers de
livres numériques chez

12-21

→ www.12-21editions.fr

Composition et mise en pages
FACOMPO, Lisieux

Imprimé en France par CPI
en avril 2019
N° d'impression : 2043912

Suite du premier tirage : avril 2019
S27960/02